AF219129

Jillian Black

Du wirst es bereuen!

Thriller

Bibliografische Information der Deutschen Nationalbibliothek:
Die Deutsche Nationalbibliothek verzeichnet diese
Publikation in der Deutschen Nationalbibliografie;
detaillierte bibliografische Daten sind im Internet über
http://dnb.dnb.de abrufbar.

Lektorat: Gabi Büttner/Laura Adrian
Buchsatz: Laura Adrian
Cover: Alexa Kim
evgeniykleymenov@bigstockpoto.com

Herstellung und Verlag:
BoD – Books on Demand, Norderstedt

ISBN: 978-3-75435-732-3

Du wirst es bereuen!
Thriller

Buchbeschreibung:

Es ist Sommer, als sich Lina in Tim verliebt. Zuerst erscheint alles perfekt, doch dann verändert sich Tim. Er wird aggressiver. Lina weiht ihre Zwillingsschwester Anna in die Vorkommnisse ein. Gemeinsam beschließen die Schwestern, dass Tim schnellstmöglich aus Linas Leben verschwinden sollte. Tim möchte sie allerdings nicht gehen lassen.

Bald darauf beginnt ein albtraumhaftes Katz und Maus-Spiel.

Welches dunkle Geheimnis versteckt sich hinter Tims scheinbar perfekten Fassaden?

Die packende Verfolgungsjagd zwischen den Zwillingsschwestern und Tim wird aus allen drei Sichtweisen beleuchtet. So haben Sie als Leser die Gelegenheit, alle Gedankengänge und Emotionen live mitzulesen.

Prolog

Tim:

Drei Jahre zuvor im Herbst. Kurz vor Sonnenaufgang.

Wir ziehen sie an ihren Armen über den matschigen Waldboden. Das Blut vermischt sich mit dem Schlamm. Der Wind peitscht uns den Regen ins Gesicht.

Ich kann nicht fassen, dass ich das wirklich getan habe. Mein Gott, ist sie schwer, dabei ist sie doch zierlich und schmal.

Ich schluchze immer wieder auf.

»Beruhige dich, es wird alles gut«, schreit mein Helfer gegen den immer stärker werdenden Sturm an.

Erschrocken schreie ich auf, fast wäre ich über eine Baumwurzel gestolpert.

Plötzlich bleibe ich stehen.

»Los!«, fährt mich der Mann neben mir an. Er hat dieselben dunklen Haare wie ich und auch unsere Gesichtszüge ähneln sich, was wohl daran liegt, dass er mein Vater ist. Er ist mittleren Alters.

Ich bin 23.

»Geh weiter! In ein paar Stunden geht die Sonne auf, bis dahin müssen wir hier fertig sein«, brüllt er mir entgegen. Ich nehm die Bedeutung seiner Worte nicht wahr, habe aber aufgehört zu weinen.

In meinem Kopf schwirren tausend Gedanken herum, sie ergeben alle keinen Sinn.

»Papa?«, frage ich leise.

»Ja?«, antwortet mein Vater nun ebenfalls in einem ruhigen Ton. Ich muss mich sehr konzentrieren, um ihn zu verstehen, der Wind ist so laut.

Ich lasse den schlaffen Arm der weiblichen Toten zu Boden gleiten. Er tut es mir gleich.

»Ich muss dir was sagen«, teile ich ihm mit.

Er schaut mich nun direkt an.

»Es war kein Unfall«, flüsterte ich.

»Was? Wiederhole das noch mal, ich glaube, ich hab dich nicht verstanden«, entgegnet mein Vater irritiert.

Er hat mich genau verstanden, doch er weigert sich, das einzusehen.

Ich drehe mich nun nach ihm um, bin ganz nah vor seinem Gesicht. Er muss riechen, dass ich Alkohol getrunken und geraucht habe. Ich atme nun schnell, aufgeregt. Dann brülle ich ihn an: »Ich habe sie umgebracht, Papa! Es war kein Unfall, ich bin ein Mörder! Ich habe sie abgeknallt wie ein wildes Tier. Und es hat sich gut angefühlt!«

Schweigen.

Für einen Moment entsteht eine Pause zwischen uns. Ich höre den Sturm durch die Bäume rauschen und den Regen geräuschvoll auf Äste und den Boden prasseln.

Unsere beider Kleider sind vom Regen durchgeweicht und klitschnass. Die Haare liegen platt an unseren Köpfen und das Regenwasser läuft über unsere Stirn, über die Augenbrauen bis zu den Nasen, wo es heruntertropft.

Mein Blick geht kurz zum Himmel. Die Baumkronen wackeln unheimlich hin und her, als wenn sie gleich alle kurz hintereinander auf uns stürzen wollen, uns und unser dunkles Geheimnis einfach begraben. Dann wird nie jemand davon erfahren.

Mein Vater stöhnt auf. Kurz wirkt es, als würde er sich umdrehen und gehen wollen, doch dann fängt er sich wieder. Ich weiß, dass er hinter mir stehen wird.

Hinter seine Stirn beginnt es zu arbeiten.

»Tim«, sagt er trocken.

Er umfasst mit den Händen von unten mein Gesicht. Ich spüre seine Handflächen auf meinen Wangen.

Es fällt mir schwer, seinem Blick stand zuhalten.

»Tim, schau mich an. Ich will nicht wissen, warum du es getan hast. Wir kümmern uns um dieses Problem – so, wie wir es immer getan haben. Es fand sich immer eine Lösung. Du musst mir nur versprechen, dass es nicht noch mal passieren wird«, sein Blick wird bohrender.

»Tust du das? Junge, hörst du mich? Schau mich verdammt noch mal richtig an!«

Mein Vater wird wieder lauter. Die letzten zwei Sätze brüllt er fast.

Ich schlucke. Sein Schreien hat mich wieder in die Gegenwart zurückgeholt. Ich war mit meinen

Gedanken abgeschweift. Es war, als hätte sich mein Geist von meinem Körper getrennt und wäre kurzzeitig fortgeflogen gewesen.

Erneut schießen mir Tränen in die Augen. Er hält mein Gesicht immer noch schützend in seinen Händen. Ein paar meiner Tränen tropfen auf seine Haut und vermischen sich dort mit dem Regen.

»Wir müssen ihre Leiche wegschaffen«, wiederholt er trocken und spricht dann weiter: »Nimm nun wieder ihren Arm. Wir sind fast da.«

Während er spricht, zittert seine Stimme für einen Moment. Er versucht, es sich nicht anmerken zu lassen. Er nimmt seine Hände von meinem Gesicht und greift nach dem anderen Arm der Toten.

Ich schaue der Frau ins Gesicht. Ihre Lippen sind rot. Die Augen sind geschlossen und ihre Hautfarbe ist blass. Sie sieht anders aus, aber trotzdem erkenne ich sie noch.

Ich stimme meinem Vater zu und wische mir die Tränen aus dem Gesicht.

Der Regen geht durch und durch. Inzwischen ist sogar meine Unterhose nass. Wir haben beide keine Regensachen an. Wir haben mit dem Sturm und Starkregen nicht gerechnet. Dieser setzte, kurz nachdem Hans an der Hütte angekommen war, ein.

Ich wollte ihr nicht wehtun. Zumindest nicht so, doch sie hat nicht stillgehalten, sondern versucht zu fliehen.

Die Hütte, in der wir uns vor ihrem Tod aufhielten, gehört meinem Vater. Es ist eine alte Jagdhütte. Als sie von meiner kleinen privaten Feier abhauen wollte, musste ich sie mit dem Gewehr meines Vaters erschießen.

Ich traf sie in den Rücken. Ganze drei Meter war sie gekommen, bis sie mit dem Gesicht voran im Dreck landete. Hätte ich gewusst, dass der Abend so endet, hätte ich sie gebeten, etwas anderes anzuziehen. Doch so trug sie jetzt nur ihre Unterwäsche und darüber eines meiner karierten Hemden.

Sofort nachdem ich sie erschossen hatte, habe ich meinen Vater verständigt. Das war vor ungefähr vor einer Stunde gewesen.

Gut, dass es Nacht war, somit war es unwahrscheinlich, dass uns jemand sehen würde.

Mein Vater und ich setzen unseren Weg fort. Auch wenn wir vermutlich alleine im Wald sind, schleifen wir die Leiche nicht auf den Hauptwegen, sondern weichen auf Seitenwege aus.

Zweige und nasse Blätterklumpen bleiben in ihren hübschen blonden Haaren hängen. Ich bin froh, dass die Eintrittswunde der Kugel weiter zum Boden zeigt. Das klaffende Loch in ihrem Fleisch wird mich noch lange in meinen Träumen verfolgen, da bin ich mir sicher.

Und meinen Vater bestimmt auch. Oder etwa nicht?

Der Regen hört mit einem Mal auf und auch der Sturm beruhigt sich. Nur noch ein paar wenige Bäume wiegen sich durch eine ganz leichte Brise.

Die Landschaft verändert sich. Wir verlassen den Wald. Ich weiß nicht, wie weit wir inzwischen gelaufen sind, ich schätze einige Kilometer. Langsam schwinden meine Kräfte. Von Meter zu Meter kommt mir der Leichnam schwerer vor.

Hinter dem Wald befindet sich ein großer See. Das Wasser wirkt in der Dunkelheit wie pechschwarzer Teer. Grillen zirpen im hohen Gras.

»Wir sind da«, teilt mein Vater mit und bleibt abrupt stehen.

»Hier?«, frage ich leicht verunsichert und schaue mich um.

Der See ist nur noch einige Meter von uns entfernt. Als Kind habe ich oft am Ufer gespielt.

Er schaut mich an und nickt.

»An diesem Ort wird sie keiner finden.«

Ich atme hörbar tief ein und aus.

Hinter den Bäumen tauchen die ersten Sonnenstrahlen auf. Der Himmel färbt sich orange und der Regen hat aufgehört. Es wird ein schöner Tag werden.

Durch das zunehmende Licht sehen wir, wohin wir treten. Aber viel Zeit bleibt uns nicht mehr, um unser Vorhaben in die Tat umzusetzen.

Wir zerren sie in ein Boot. Es hat Paddel und gehört uns nicht. Jemand hatte scheinbar keine Lust, ans andere Ufer zum Anlegeplatz der Vermietungsstelle zu fahren und es dort abzugeben.

Glück für uns.

Gut eine halbe Stunde später sind wir an der Mitte des Sees angekommen. So vermute ich jedenfalls. Mein Vater zeigt mir, wie ich den Leichnam greifen muss, damit wir es zusammen schaffen, ihn vom Boot ins Wasser gleiten zu lassen.

Es platscht lauter, als ich gedacht hätte, als ihr Körper aufs Wasser auftrifft und dann langsam auf den Grund sinkt. Sie hat die Augen und den Mund weit aufgerissen.

War sie wirklich tot?

Ein gluckerndes Geräusch ertönt.

Ich schaue mich um. Doch nachdem ihr Körper versunken ist, ist es wieder still am See. Nur ein paar Frösche quaken. Vermutlich war das Gluckern die letzte Luft, die aus ihren Lungen entwichen ist.

Ich starre ins Wasser, noch lange nachdem sie untergegangen ist, kann ich meinen Blick nicht abwenden. Es fällt mir schwer, zu begreifen, was geschen ist. Dann schluchze ich wieder auf. Ich fühle mich wie ein kleiner Junge. »Ich wollte das nicht! Ich habe sie doch so sehr geliebt! Sie wollte mich verlassen, Papa! Sie meinte, ich würde sie einengen …«

Ich weine immer lauter, dann beuge ich mich zunehmend weiter über die Seitenwand des Bootes, sodass es in Schräglage gerät.

»Tim!«, schreit mein Vater mich an und bringt mich damit wieder zur Vernunft.

Er bekommt mich gerade noch zu fassen, bevor ich mich ins Wasser stürze, um ihr zu folgen.

Ich hatte für einen Moment überlegt, ihr hinterherzutauchen, um sie zurückzuholen.

Der See ist um diese Jahreszeit schon sehr kalt. Zu kalt. Mehr als ein paar Minuten überlebt es in dem Wasser niemand. In ein paar Wochen beginnt der Winter.

Ich schluchze auf, versuche mich, von meinem Vater wegzudrücken, doch nach ein paar Minuten gebe ich auf, drehe mich zu ihm um und werfe mich verzweifelt aufheulend in seine Arme.

Er lässt mich gewähren. Wir zittern beide vom Schock und der Kälte.

Tröstend streicht er mir über mein Haar. Das hat er schon früher getan, wenn ich mir mal wieder die Knie beim Fahrrad fahren aufgeschlagen hatte.

Nach einer Weile schaut mein Vater mich mit festem Blick an. Ich merke, dass er versucht, für mich stark zu sein. Ich bin sein Sohn. Und obwohl ich volljährig bin, will er mich beschützen.

»Die Sonne geht gleich auf. Wir sollten wieder ans Ufer fahren. Und auf dem Heimweg werden wir besprechen, wie es weiter gehen soll. Keine Sorge, ich bin für dich da, mein Junge. Wir werden das zusammen meistern.«

Ich löse mich langsam aus seinen Armen, nicke, wische mir die letzten Tränen fort und schnäuze meine laufende Nase.

»Aber Mama …«, bringe ich meine Bedenken hervor.

»Mach dir keine Sorgen. Wir werden ihr nichts sagen. Auch deinem Bruder nicht. Das bleibt unser kleines Geheimnis. Noch ein paar Wochen, dann fängst du dein Studium an. Dann kommst du auf andere Gedanken. Sie«, er schaute auf die Stelle, in der wir meine Freundin ins Wasser gleiten gelassen haben, »hat in einem Heim gelebt, sich dort aber nicht wohlgefühlt und ist deshalb vor ein paar Monaten in eine eigene Wohnung gezogen. Familie hat sie nicht und auch nicht viele Freunde. Das hast du mir doch immer wieder erzählt, nicht wahr?«

Ich schaue ihn an und nicke.

»Na siehst du. Sie werden zwar nach ihr suchen, aber wir werden uns eine Geschichte ausdenken. Du sagst, dass ihr zusammen einen Ausflug gemacht habt und ihr dort einen Streit hattet. Danach ist sie abgehauen. Du hast nach ihr gesucht, sie jedoch nicht gefunden. Also bist du davon ausgegangen, dass sie in ihre Wohnung gelaufen ist. Wir werden ihre Abwesenheit erst zwei Tage später melden. Weil sie schon öfter abgehauen ist, auch als sie noch im Heim lebte, sind wir nicht direkt vom Schlimmsten ausgegangen, erzählen wir der Polizei.« Er machte eine Pause, bevor er weitersprach. »Bei dem Wetter verwischen alle Spuren. Die Polizei wird ein paar Tage umherstreifen, aber wenn sie keine Spur finden – wovon auszugehen ist – werden sie die Fahndung sehr schnell einstellen.«

Er lächelte zufrieden.

»Ich habe dir doch gesagt, es wird alles gut. Aber lass uns den Rest gleich in Ruhe besprechen.«

Ich nicke. Inzwischen haben wir das Ufer erreicht. Das Boot schieben wir unter ein paar Bäume und bedecken es mit Zweigen und nassem Laub.

Bleierne Müdigkeit macht sich bei uns beiden breit. Wir haben aber noch ein gutes Stück Rückweg durch den Wald vor uns. Auch in der Hütte, an dem Tatort, muss noch einiges bereinigt werden.

1. Kapitel

Anna:

Drei Jahre später. Im Sommer, kurz nach Sonnenuntergang.

Ich knie im Wohnzimmer meines Elternhauses. Vor wenigen Sekunden haben sich die elektronischen Rollläden geschlossen, Dunkelheit umgibt mich. Nur mein Atem unterbricht die Stille. Mein Mund ist trocken und meine Hände eiskalt. Auch meine Füße sind kalt, es fühlt sich an, als klebe getrockneter Schlamm an ihnen. Seltsam. Wo soll der Matsch herkommen?

Die Stehlampe muss in meiner Nähe stehen, ich taste nach dem Schalter. Als ich ihn finde, durchströmt mich Erleichterung. Kurz darauf werde ich von Helligkeit geblendet. Schützend presse ich meine Augenlider zusammen. Ich brauche eine Weile, um mich an das Licht zu gewöhnen. Dann nehme ich meine Umgebung wieder wahr.

Vor mir liegt ein Mann auf dem Bauch, seine linke Wange berührt den Boden, seine Augen sind geschlossen, ein Messer steckt in seinem Rücken. Ich kenne ihn, es ist Tim.

Ich habe es wirklich getan.

Meine Hände zittern. Ich schaue auf meine Handflächen. Sie sind blutverschmiert. Das Gefühl, das ich hatte, stammte nicht vom Schlamm, sondern es ist angetrocknetes Blut.

Kalter Schweiß perlt auf meiner Stirn und mir wird schlecht, ich unterdrücke den Brechreiz.

Wie ist es dazu gekommen? Ich kann mich nicht an alles erinnern.

Panisch versuche ich, einen klaren Gedanken zu fassen, doch mein Kopf dröhnt, als ob mir jemand einen Schlag versetzt hätte. Ich fasse an meine Stirn und fühle etwas Klebriges. Auch ich blute. Hilfe! Was ist hier passiert?

Im gleichen Moment bewegt sich Tim, stöhnt auf und öffnet langsam sein rechtes Auge.

Hoffnung keimt in mir auf. Tim ist der Freund meiner Schwester. Sie liebt ihn. Ich verstehe nicht, weshalb er blutend auf dem Boden liegt.

Ich hebe wieder meinen Kopf und beuge mich vor, um ihn besser sehen zu können.

Unsere Blicke treffen sich. Kein Ton kommt aus seinem Mund, doch er versucht, Worte zu formen.

Ich drehe mich um und versuche in seine Richtung zu kriechen.

Obwohl ich mein Ohr nun sehr nah an sein Gesicht halte, kann ich ihn immer noch nicht verstehen.

Dann werden seine Pupillen starr.

Ich fühle mich innerlich taub und verstehe nicht, was gerade passiert. Mein Herz klopft schnell.

Hinter mir fällt eine Tür ins Schloss und ich höre Schritte auf dem Parkett. Vermeidend schließe ich die Augen. Das muss der Täter sein. Gleich bin ich ebenfalls tot. Ich höre, wie die Person stehen bleibt. Vorsichtig öffne ich meine Augen. Es ist meine Zwillingsschwester Lina. Sie lässt sich vor Tims reglosen Körper sinken und fällt in sich zusammen wie eine verwelkte Rose.

Ich höre sie leise weinen. Dabei streicht sie immer wieder über Tims Wangen, küsst sein dunkles Haar, als ob sie ihn damit ins Leben zurückholen könnte.

Bestürzt beginne auch ich zu weinen. Es verstreichen ein paar Minuten, dann wird es ganz still. Noch immer kann ich mich nicht erinnern, was geschehen ist. Doch ich ahne Schlimmes ...

Lina steht auf und dreht sich nach mir um. Ich ziehe die Schultern ein, bin darauf gefasst, dass sie sich auf mich stürzt und mich anschreit. Was auch immer geschehen ist, ich scheine nicht unschuldig zu sein. Doch dann sehe ich, dass auch ihre Hände blutverschmiert sind. Nun bin ich noch verwirrter.

Sie kommt auf mich zu. Dann umarmt sie mich und flüstert mir ins Ohr: »Danke Anna.«

Im Hintergrund hören wir Sirenen ertönen.

Irgendjemand hat die Polizei verständigt.

2. Kapitel

Lina:

Vier Wochen zuvor. 10:30 Uhr

Tim und ich sind alleine, sein Mitbewohner Nils ist in der Uni.

Die Wohnung ist überschaubar. Von der Eingangstür aus gibt es einen sehr kleinen, schmalen Flur, geradeaus kommt man zum Bad. Auf der rechten Seite befindet sich erst Nils Zimmer, dazwischen die Küche und im hinteren Teil gelangt man in Tims Zimmer. Ich bin froh, dass sein Bereich der hinterste Raum der Wohnung ist, es liegt nach hinten in einen Hof raus, hier ist es somit meist sehr ruhig.

Die Zimmer sind pragmatisch eingerichtet, die Einrichtung wirkt für eine übliche Studentenbude jedoch relativ aufgeräumt.

Nils schreibt gerade eine Prüfung. Wir werden somit nur ein paar Stunden für uns haben.

Bei Tim ist eine Vorlesung ausgefallen und ich habe meine sausen zu lassen. Wir haben uns fast zwei Monate nicht gesehen. Tim hatte eine wichtige Semesterprüfung, da brauchte er viel Zeit zum Lernen. Vor der Prüfung hatten wir uns nur an einem Abend getroffen und Sex gehabt. Schnell, aber schön. Übernachtet hatte ich dann jedoch bei mir, in meiner Wohnung, damit er noch lernen konnte.

Genau wie damals hat mein Freund auch heute die Vorhänge vor dem Fenster zugezogen. Sie sind nicht komplett lichtdicht, ein wenig schimmert die Sonne durch den Stoff hindurch.

Wir liegen auf seinem Bett, er küsst meinen Hals. Mein Herz klopft schnell. Seine Lippen sind weich, er schmeckt nach Kaffee und nach etwas Tabak von seiner Morgenzigarette, aber das stört mich nicht. Tims Hand wandert tiefer, er streichelt den Ansatz meiner Brüste und schiebt den Seidenstoff meiner Bluse sachte zur Seite. Ich schließe die Augen und genieße seine Berührungen.

Sein dunkles Haar streicht über meine Haut, während er meine Hose aufknöpft und sie mir am Anschluss über die Beine streift. Kurz darauf folgt mein Slip. Eine Gänsehaut breitet sich über meinen Körper aus. Tim zieht seine eigene Kleidung um einiges schneller aus, als er es bei mir getan hat. Dann ist sein Köper ganz dicht an meinem, seine Haut ist warm. Er bedeckt meine Brüste mit Küssen und wandert dann hinunter bis zum Bauchnabel.

Ich lache. Er hat schnell herausgefunden, an welchen Stellen ich kitzelig bin.

Ich liebe sein Aftershave und seine frischrasierten Wangen. Tief atme ich diesen wohligen Duft ein. Ich fühle mich wohl und entspannt. Mir ist angenehm warm und meine Oberschenkel fühlen sich vor

Erregung heiß an. Tims Hand streicht weiter abwärts. Ich stöhne auf, Hitzewellen durchströmen meinen Körper.

»Tim …«, hauche ich, kurz nachdem er in mich eingedrungen ist.

Er weiß, dass ich schnell erregt bin und dass es dann bei mir nicht lange bis zum Höhepunkt dauert. Ich beiße mir auf die Unterlippe, um diesen noch etwas hinaus zu zögern. Ich will mit ihm zeitgleich kommen.

Wir wiegen uns miteinander in einem Takt, unsere Körper miteinander vereint.

Ich strecke mich ihm entgegen. Bald darauf kommen wir fast gleichzeitig. Alles dreht sich um mich und ich lasse mich fallen. Kurz danach umarmt mich Tim und lässt seinen Kopf auf meine Brust sinken. Ich atme schneller als sonst. Meine Oberschenkel zittern auf der Innenseite.

Nach ein paar Minuten hebt Tim seinen Kopf wieder.

»Hey …«, flüstert er. Sein Atem streift mein Gesicht.

Er streicht mir mein Haar hinters Ohr, dabei schaut er mir in die Augen. Wir versinken in einem langen Kuss.

Zwei Stunden später komme ich aus dem Bad. Ich habe Tims Morgenmantel an und knote den Gürtel fest. Mein noch feuchtes Haar fällt mir über meine Schultern. Tim hat kurz vor mir geduscht.

Als ich den Raum betrete, sitzt er am Schreibtisch. Seine Schultern hängen nach unten und er hält den Kopf gesenkt.

Er hat einen Brief in der Hand. Ich habe gehört, wie er nach unten zum Briefkasten gelaufen ist, während ich unter der Dusche stand.

»Tim?«, frage ich vorsichtig.

Sachte berühre ich ihn an der Schulter. Er fährt hoch, zwischen seinen Augen hat sich eine Falte gebildet. Er funkelt mich böse an.

Erschrocken zucke ich zurück. Mit dieser Reaktion habe ich nicht gerrechnet.

»Da! Schau dir das an, Lina! Ich habe ›bürgerliches Recht‹ in der Semesterklausur nicht bestanden. Nur noch zwei Semester habe ich Zeit, ansonsten werde ich exmatrikuliert!«, faucht er mich an.

Verächtlich wirft er den Brief zu Boden.

Mir läuft eine Gänsehaut über den Rücken, ich ziehe die Schultern nach oben. Tims Gesicht ist puterrot angelaufen. Ehe ich mich versehe, packt er mein rechtes Handgelenk.

»Tim!«, rufe ich erschrocken. Mein Blick ist verängstigt.

Ich versuche mich aus seinem Griff zu befreien, doch er verstärkt den Druck.

»Du tust mir weh!«

Ich möchte mit meinen Worten zu ihm vor dringen, doch ich habe das Gefühl, mein Freund schaut durch mich hindurch.

»Du widerliches Miststück! Wegen dir bin ich durch die Prüfung gefallen!«, fährt er mich an. »Weil du mich unbedingt sehen wolltest!«

Ich will etwas erwidern, doch im gleichen Moment holt er aus.

Mir erscheint es, als bliebe in diesem Moment die Zeit stehen. Er verpasst mir eine Ohrfeige.

Ich verliere das Gleichgewicht und falle zu Boden. Meine Wange brennt. Tränen schießen mir in die Augen.

Ich krümme mich zusammen, halte schützend einen Arm über mein Gesicht.

Bin ich wirklich schuld?

Meine Lippen zittern. Übelkeit steigt auf, ich versuche sie zu unterdrücken.

Tim lacht verächtlich auf.

Ich habe Angst.

Mein Handy ist in meiner Jacke, die im Flur hängt. Weit außerhalb meiner Reichweite.

Wer ist er? So kenne ich ihn nicht.

Ich schluchze auf.

»Ja, heul nur«, höre ich seine Stimme direkt über mir.

Er beugt sich über mich. Ob er mich noch mal schlagen wird?

Ich spüre seinen Atem. Ich wage es nicht, ihn anzuschauen, ziehe meine Schultern nach oben. Doch dann entfernt er sich von mir. Ich höre, wie er zu seiner Jacke geht und darin herum kramt. Dann nehme ich das Klicken eines Feuerzeugs und kurz darauf sein Ausatmen wahr. Er hat sich eine Zigarette angezündet.

Vorsichtig nehme ich den Arm vor meinem Gesicht fort. Tim steht am Fenster. Er hat mir den Rücken zu gedreht. Ab und an pustet er Zigarettenrauch aus seinem Mund. Der Tabakgeruch beißt in meiner Nase. Ich bin verwirrt.

Kann ich gehen?

Ich erhebe mich langsam und überlege, ob ich mich davon schleichen soll. In dem Moment kribbelt es in meiner Nase. Das Niesen unterbricht die unheimliche Stille zwischen uns.

Erschrocken krümme ich mich wieder auf den Boden.

Tim bleibt weiter am Fenster stehen. Lediglich seinen Kopf hat er in meine Richtung gedreht. Ich spüre seinen abwertenden Blick.

»Verschwinde, Lina!«, zischt er zwischen zwei Atemzügen.

Das lasse ich mir nicht zweimal sagen. Ich fahre hoch und stürze aus dem Raum. Die Tür fällt krachend hinter mir ins Schloss.

Während ich die Treppen nach unten renne, lasse ich meinen Tränen freien Lauf.

Unten angekommen ringe ich nach Luft. Ich beuge mich nach vorne, die Hände auf meinen Knien abgestützt. Mein Kopf dröhnt. Langsam schaffe ich es wieder kontrollierter zu atmen. Meine Wange, die Stelle, an der mich seine Hand getroffen hat, brennt noch immer.

Mein Handy summt in meiner Tasche. Anna ruft an. Später erfahre ich, dass sie mir auf die Mailbox spricht und fragt, ob ich Lust auf ein Eis hätte, sie könne heute eher Feierabend machen.

Anna ist meine Schwester. Wir sind Zwillinge.

Im Augenblick fehlt mir die Kraft, ihren Anruf entgegenzunehmen. Ich brauche erst einmal Zeit für mich. Ich muss meine Gedanken und Gefühle ordnen und vor allem wieder Luft bekommen.

Ich räuspere mich und blinzle meine Tränen fort. Dann richte ich mich langsam auf und atme tief ein und aus. Nachdem es mir etwas besser geht, will ich sie am liebsten zurückrufen. Ich weiß, dass ich mit ihr über alles reden kann. Wir haben eine starke Verbindung. Ich hole das Handy aus meiner Tasche. Doch im gleichen Moment spüre ich eine Hand auf meiner Schulter. Panisch zucke ich zusammen und drehe mich nach der Person um.

Tim steht hinter mir und schaut mich direkt an. Seine Gesichtszüge sind wieder weich und entspannt, so wie ich sie kenne. Er nimmt mich in den Arm und streicht mir übers Haar. Danach bedeckt er mein Gesicht mit Küssen.

»Hey, Süße! Geh nicht. Ich hab das nicht so gemeint!«, entschuldigt er sich bei mir.

Innerlich erstarre ich, die Übelkeit steigt wieder in mir auf. Dann nimmt er mein Gesicht in beide Hände. Er weiß, dass ich das besonders mag, ich fühle mich dann immer so geborgen.

»Ich liebe dich«, flüstert er.

Mein Verstand setzt aus, mein Herz gewinnt. Er schaut mir tief in die Augen und streckt mir seine Hand entgegen. Ich nehme sie an.

»Hast du Hunger?«, fragt er.

Ich zögere für einen Moment, mein Magen fühlt sich immer noch flau an.

»Eigentlich nicht …«, wispere ich.

Er zieht seine Mundwinkel übertrieben nach unten und schaut mich beleidigt an.

»Dann trinkst du halt erst mal einen Tee. Aber ganz ohne Abschluss lasse ich dich nicht gehen.«

Nachdem sich unsere Hände berühren, hört das Zittern auf und auch das Dröhnen in meinem Kopf verschwindet.

Ich lasse seine Nähe zu und gehe mit ihm. Er ist jetzt wieder der Mann, den ich kennen und lieben gelernt habe. Ich vertraue ihm.

3. Kapitel

Anna:

Drei Wochen zuvor. 13:00 Uhr.

Lina und ich sind auf dem Weg ins Schwimmbad. Es ist perfektes Wetter und wir haben uns beide ein paar Tage am Stück freigenommen.

Wie könnte man seinen Urlaub besser starten als mit einem Besuch im Schwimmbad? Seit ich studiere und Lina ihre Ausbildung absolviert, schaffen wir es nicht mehr so oft Zeit miteinander zu verbringen. Deswegen genießen wir diese gemeinsamen Stunden besonders.

Die Sonne prallt ins Auto, daher haben wir alle Fenster runtergelassen. Der Fahrtwind weht uns um die Nase und verschafft uns etwas Abkühlung. Im Radio werden die Charts des Sommers gespielt. Wir hören sie in voller Lautstärke und singen laut und fröhlich mit. Das Schwimmbad befindet sich etwas abseits in einem Park. Einige andere Leute hatten schon vor uns dieselbe Idee und der Parkplatz ist proppevoll. Wir lassen uns dadurch die Stimmung allerdings nicht verderben und beschließen, an der Straße zu parken. Der Himmel erstrahlt hellblau, ohne eine einzige Wolke. Und zu zweit scheint der Spaziergang zum Schwimmbadeingang kürzer.

Ich habe einen Ohrwurm vom letzten Popsong und fange an ihn zu trällern. Lina lacht und fällt mit ein.

Nach einer Weile reden wir über die Beziehung meiner Schwester.

Seit ein paar Wochen hat meine sie einen Freund. Er heißt Tim. Ich freue mich sehr für Lina. Sie wirkt glücklich. Aber ab und an beschleicht mich eine gewisse Angst, ob er das Band, was uns seit unserer Geburt verbindet, trennen könnte. Auch wenn ich fest daran glaube, dass Lina dies nie zulassen würde. Tim ist seltsam. Ich traue ihm nicht.

Inzwischen sind wir auf der großen Liegewiese angekommen.

Schnell schiebe ich meine negativen Gedanken beiseite und streife meine Jeans und das T-Shirt von mir. Obwohl mein Badeanzug sportlich geschnitten und von einem unauffälligen dunkelblau ist, lege ich mir im Anschluss ein der Handtücher über die Schultern. Es war mir schon immer unangenehm, mich halb nackt vor anderen zu zeigen, auch wenn die meisten Menschen um uns herum noch weniger anhaben.

Anschließend setze ich mich auf die Decke, ziehe die Füße zu mir heran und verschränke die Arme vor der Brust.

Lina und ich haben beide die schlanke Figur unserer Mutter geerbt und doch finde ich, dass ihr viele Klamotten besserstehen als mir.

Lina räuspert sich. Sie hat ihr grünes Sommerkleid noch nicht ausgezogen, sondern steht lediglich still da. Sonst kann sie es kaum erwarten, ins Wasser zu rennen. Sie ist immer die Erste, die im Becken ist.

Ich schaue meine Schwester von der Seite an. Ihr Blick wirkt abwesend, ihre Augen glasig, als ob sie gleich anfangen würde zu weinen.

»Alles ok?«, frage ich.

»Ja … Nein … Doch …«, druckst sie herum und presst dann die Lippen aufeinander.

Bevor ich nachfragen kann, zieht sie mit Schwung ihr Kleid aus und wirft es nach mir.

»He!«, rufe ich und suche nach meiner Sonnenbrille, die noch auf meiner Tasche liegt. Ich finde sie und setze sie mir fix auf.

»Du siehst aus wie Puck die Stubenfliege«, kichert meine Schwester und tippt auf meine Sonnenbrille.

»Du bist ja nur eifersüchtig, weil sie mir besser steht als dir«, erwidere ich, lege ihr Kleid, das auf meiner Schulter hängen geblieben ist, zwischen uns und lächle sie an.

Sie dreht den Kopf zu mir und lacht. Ich lache zurück.

Der Bikini meiner Schwester leuchtet pink, das Oberteil ist schmal und sehr weit ausgeschnitten. Lina trägt gerne leuchtende Farben. Mein Lieblingsoutfit sind hingegen Jeans und T-Shirt.

»Cremst du mir den Rücken ein, Anni? Du weißt doch, ich werde immer so schnell rot«, fragt Lina, während sie sich ihr Haar hochbindet.

Ein paar Haarsträhnen fallen wieder heraus, doch sie sieht trotzdem perfekt aus.

»Willst du etwa nicht direkt ins Wasser, du Ratte?«, erkundige ich mich und grinse sie an.

Lina schüttelt den Kopf und drückt mir die Sonnencreme in die Hand. Ich wundere mich kurz, mache mir aber keine weiteren Gedanken darüber.

Ihre Haut ist makellos. Ich habe überall Akne, auch auf den Schultern und am Rücken. Zudem machen sich die ersten Dellen auf meinen Oberschenkeln bemerkbar. Das sei wohl Veranlagung, sagte der Hautarzt letztens. Lina hat die jedoch nicht.

Ich seufze und verteile ausreichend von dem Sonnenschutz auf ihrem Rücken.

»So, das sollte reichen«, sage ich nach ein paar Minuten und will mich gerade von ihr abwenden, als mir etwas Ungewöhnliches auffällt.

»Lina …«

Ich berühre leicht ihren rechten Unterarm. Meine Schwester zuckt zusammen, dreht sich ruckartig zu mir um.

»Nicht!«, fährt sie mich an.

»Woher hast du das?«, erkunde ich mich nach der blauen Stelle an ihrem Unterarm.

Lina schaut mich nicht an, dann winkt sie ab.

»Du weißt doch, dass ich wieder mit Handball angefangen habe. Eines der anderen Mädels hat mich letztens mit dem Ball getroffen.«

Ich runzle die Stirn. Der Bluterguss ist nicht ganz frisch, deswegen war er nicht direkt erkennbar. Am Rand wird er etwas heller, ist jedoch beim genauen Hinsehen nicht gerade klein. Er befindet sich an der Außenseite ihres rechten Unterarms kurz vor dem Handgelenk.

Als ob sie jemand mit Gewalt festgehalten hat, geht es mir durch den Kopf.

Ich suche ihren Blick, doch sie hat den Kopf weggedreht. Sie wirft sich nun auch schnell ein Handtuch über die Schultern. Danach seufzt sie auf und erwidert meinen Blick. Das Lächeln ist erzwungen, ihre Augen schauen unsicher. Ich nehme sachte ihren anderen Arm und entdecke einen weiteren Bluterguss.

»An beiden Armen gleichzeitig?«, frage ich lauter als beabsichtigt.

Ein paar Meter von uns entfernt sitzen ein paar Jugendliche und drehen sich jetzt zu uns um.

»Psst. Hör auf damit! Ich habe doch gesagt, dass es beim Sport passiert ist. Was willst du eigentlich von mir?«

Meine Schwester zieht ihre Arme blitzschnell von mir weg.

»Glaubst du mir etwa nicht?«, zischt sie mich an.

Ihre Stimme hat einen ungewohnt harten Klang.

Ich räuspere mich, weiß nicht, was ich in diesem Moment glauben soll.

»Wenn etwas nicht stimmen würde, dann würdest du es mir sagen, oder Lina?«, versuche ich es ein letztes Mal.

Meine Schwester wischt sich schnell mit beiden Händen übers Gesicht. Bevor ich weiter darüber nachdenken kann, unterbricht sie mich.

»Ich hol mir ein Eis, willst du auch eins?«, wechselt sie das Thema und fügt hinzu: »Schokolade und Pistazie, wie immer?«

Sie rappelt sich auf, streicht ihr Kleid glatt und setzt sich ihre Sonnenbrille im 50er-Jahre Style auf. Ich nicke.

»Dann lese ich in der Zeit ein wenig«, antworte ich ihr.

»Okay«, sagt sie und zieht ihren Geldbeutel aus der Tasche.

Als Lina an einer Gruppe von Jungs vorbei geht, pfeifen diese ihr nach und rufen etwas. Ich verstehe nicht was.

Lina lacht und wirft den Kopf nach hinten. So als wäre die Szene eben gar nicht passiert.

Gerade als ich mich in mein Buch vertiefen will – die Biografie von Michelle Obama – klingelt Linas Handy. Auf dem Display erscheint ein Foto von Tim. Darauf lächelt er breit und streicht sich mit einer Hand durch seine perfekt sitzende Frisur.

Lina ist schon eine Weile aus meiner Sichtweite. Wir haben uns in einer hinteren Ecke des Schwimmbads, wo nicht allzu viele Leute sind, niedergelassen, da es an dieser Stelle schnell schattig wird. Die Sonnenanbeter liegen lieber direkt im Sonnenschein und sehr nah am Wasser. Ich höre Kinder lachen und ab und an ein Platschen, wenn jemand ins Wasser springt.

Das Handy klingelt weiter und das Display leuchtet mich dabei herausfordernd an.

Ob ich das Telefonat annehmen soll?

Auch wenn Lina und ich, bis wir vor einer Weile zu Hause gewohnt und fast alles miteinander geteilt haben, gehe ich nicht einfach an ihre Sachen, geschweige denn an ihr Handy. Ich finde das einfach nicht ok.

Tim gibt immer noch nicht auf. Nachdem die Mailbox angegangen ist, hat er aufgelegt und direkt noch mal ihre Nummer gewählt.

Einer der Jungs aus der Gruppe schaut neugierig zu mir herüber. Wäre ich nicht so abgelenkt, würde ich mich geschmeichelt fühlen, er sieht nett aus. Doch so lächle ich nur kurz und drehe dann beschämt den Kopf zur Seite. Meine Aufmerksamkeit liegt wieder bei Linas Handy.

Ob es um etwas Wichtiges ging?

Nervös rutsche ich auf der Decke hin und her. In dem Moment, in dem ich meine Hand Richtung Handy ausstrecke, hört das Klingeln auf.

Kurz danach ist das Geräusch, dass Lina eine Nachricht über Whatsapp bekommen hat, zu hören.

Ich atme auf, lege mich hin und schaffe es nun doch, mich meinem Buch zu widmen.

Nach kurzer Zeit berührt mich jemand an der Schulter. Ich war ganz versunken in die Geschichte und fahre erschrocken hoch.

Tim hat sich leicht über mich gebeugt und grinst mich an. Seine Sonnenbrille hat einen schwarzen dicken Rand und ist blau getönt, sodass ich seine Augen nicht erkennen kann. Das macht es mir sehr schwer, ihn einzuschätzen. Immerhin habe ich ihn erst zweimal getroffen. Einmal an Ostern, beim Grillen mit unseren Eltern, als Lina ihn uns vorgestellt hat und dann noch mal bei der Geburtstagsfeier eines gemeinsamen Freundes.

Obwohl ich weiß, dass ich es nicht tun sollte, starre ich ihn an. Sein Körper sieht verführerisch aus. Er trägt lediglich eine blaue Badeshort, die ihm bis zu der Hälfte seiner Oberschenkel reicht. Sein freier Oberkörper zeigt deutlich, dass er täglich sein Sportprogramm absolviert. Sport scheint neben seinem Studium seine zweite große Leidenschaft zu sein. Das habe ich mir zumindest aus dem wenigen zusammengereimt, was Lina über ihn erzählt hat.

»Hi Anna, wo hast du dein Schwesterherz gelassen? Ich war gerade in der Nähe und wollte nur einmal kurz Hallo sagen«, beginnt er ein Gespräch.

Bevor ich antworten kann, höre ich die Stimme meiner Schwester hinter uns.

»Tim«, ihre Stimme wirkt unsicher.

»Na Baby, damit hast du nicht gerechnet was?«, sagt er, dreht sich zu ihr um und will sie an sich drücken.

»Nicht … Das Eis!«, wehrt sie ihn ab und tritt einen Schritt zurück.

Tim zieht seine Mundwinkel leicht nach unten. Dann schaut er erst Lina und dann mich an.

»Ach Mädels, ich bin aber auch ein Idiot. Ich habe ganz vergessen, dass ihr einen Nachmittag für euch wolltet.«

Er schaut entschuldigend zu meiner Zwillingsschwester.

»Wir haben uns eine Woche lang nicht gesehen und das kam mir vor wie eine Ewigkeit. Ich habe dich so vermisst, Baby.«

Ich runzle die Stirn und verstehe nur Bahnhof. Tim geht einen Schritt zur Seite und Lina reicht mir mein Eis. Für einen Moment sagt keiner von uns dreien ein Wort.

Meine Schwester presst die Lippen aufeinander. Ich nehme das Eis entgegen. Die Schokolade läuft über meine Finger und ich versuche sie eifrig abzulecken. Lina tut es mir bei ihrem eigenen Eis gleich, meidet dabei aber Tims Blick und schaut stattdessen auf den Boden. Die Stille zwischen uns dreien erscheint mir endlos.

»Soll ich gehen?«, fragt Tim schließlich.

Lina zuckt mit den Schultern. Ich hingegen weiß nicht, was ich sagen soll. Ich fühle mich zwischen den Stühlen.

Ob sie Streit hatten? Nein, das hätte mir Lina auf jeden Fall schon auf der Hinfahrt erzählt. Sie kann doch nichts lange für sich behalten.

»Ist ok, Mädels. War mein Fehler. Lasst euch euer Eis noch schmecken.« Tim lächelt sachte und hebt die Hand zum Gruß. Er will Lina zum Abschied küssen, doch sie dreht sich zur Seite und sein Kuss landet nur auf ihrer Wange.

»Ich glaube, ich habe mich bekleckert«, murmelt sie und schaut an sich herunter.

Ich höre Tim etwas nuscheln, kann aber nicht verstehen, was er sagt. Dann wendet er sich ab und geht.

Lina hebt ihren Kopf und schaut ihm noch eine Weile nach. Ich versuche in ihrem Blick zu Lesen, was los ist.

Wir haben unser Eis fast aufgegessen, als jemand die Stille zwischen uns unterbricht.

»Hey Twins lange nicht mehr gesehen. Wie geht's euch so? Genießt ihr auch das herrliche Wetter?« Sophia, eine Freundin von Lina, die mit ihr im Handball spielt, steht vor uns und grinst über beide Ohren.

Sie hat ihre Haare zu einem Pferdeschwanz hochgebunden, ein Ball in der rechten Hand zeigt, dass sie auch hier ihrer Lieblingsbeschäftigung nachgeht.

Lina verschluckt sich und fängt an zu husten. Ich klopfe ihr helfend auf den Rücken und werde mit einem dankbaren Blick belohnt.

Sophia steht währenddessen weiterhin vor uns. Ich finde es immer seltsam, wenn Menschen über mir stehen, außerdem möchte ich sie begrüßen. Deshalb richte ich mich auf.

Lina starrt Sophia an und rührt sich zunächst nicht. Dann steht sie jedoch auch zögernd auf, um ihre alte Freundin gebührend zu begrüßen.

»Wollt ihr auch `ne Runde mit spielen?«, fragt Sophia. »Die anderen Mädels sind auch da. Das wäre wie in alten Zeiten.«

Ich schüttle den Kopf, Mannschaftssport war noch nie mein Fall, außerdem habe ich zwei linke Füße. Mal eine kurze Runde alleine Joggen ist das Höchste, was ich an sportlicher Leistung zustande bringe.

»Seit meiner letzten Verletzung traue ich mich nicht mehr so recht. Es hat ganz schön lange gedauert, bis ich wieder ohne Schmerzen laufen konnte. Und dann habe ich ja auch viel an Training verpasst. Und nun bin ich schon so lange raus, bestimmt habe ich inzwischen den Anschluss verloren«, antwortet Lina.

»Schade, ich hätte gerne mal wieder mit dir gespielt. Aber ich kann dich verstehen. Ich hatte auch schon mal einen Bänderriss und danach hatte ich ebenfalls Bedenken, mit euch nach der langen Auszeit wieder Schritt halten zu können. Auch wenn er, so wie es aussieht, verheilt ist. Doch ich wollte mich nicht aufdrängen …«

Sophia knibbelt an ihren Fingernägeln herum.

Ich schaue erst Sophia, dann Lina fragend an.

»Kann es sein, dass du eine neue Nummer hast? Ich kann dich unter der anderen irgendwie nicht mehr erreichen«, nimmt Sophia das Gespräch doch noch mal auf und schaut ihre alte Freundin hoffnungsvoll an.

Ob die beiden sich gestritten haben? Sie haben sich doch immer so gut verstanden. Ich kann mir das irgendwie nicht vorstellen. Jetzt ist bestimmt der falsche Zeitpunkt danach zu fragen.

Sophia wird aus der Ferne gerufen und dreht sich kurz um und gibt ein Zeichen mit der Hand, dass sie gleich kommt.

»Na, ich hoffe, du fühlst dich bald wieder soweit fit, dass du zum Training kommst. Du fehlst uns echt im Team! Die Spiele sind nicht dasselbe ohne dich.

Versprichst du es mir? Und vielleicht schickst du mir bei Gelegenheit deine neue Nummer?«

Lina sammelt unsichtbare Flusen von der Picknickdecke auf.

Sophia hält inne, betrachtet Lina stirnrunzelnd. Dann dreht sie sich zu mir um und sagt: »Ok, Anna, mach es gut, meine Liebe. Es war schön, euch beide wieder zu sehen. Bis bald mal ciao!«

Schnellen Schrittes begibt sie sich zu ihrer Truppe.

Schweigend lassen wir uns wieder auf die Decke sicken.

Die Sonne ist hinter einer Wolke verschwunden, in ein paar Stunden soll es laut der Wettervorhersage regnen.

Meine Schwester schaut gedankenverloren in Richtung Schwimmbecken.

»Ich wäre heute so gerne noch schwimmen gegangen«, flüstert sie.

Ihre Augen schimmern, doch es löst sich keine Träne.

Sachte berühre ich sie an der Schulter.

Das Schwimmbad beginnt sich zu leeren.

Schweigend ziehen wir uns wieder an und packen unsere Sachen ein. Die Decke unter den einen Arm geklemmt und meine Tasche über der anderen Schulter drehe ich mich nochmals zu Lina um.

»Haben wir auch nichts vergessen?«, frage ich sie und erstarre in meiner Bewegung. Lina schluchzt, ihre Tasche rutscht ihr von der Schulter auf den Boden und die Hälfte ihrer Sachen fällt heraus.

»Lina, hey, was hast du?«, rufe ich erschrocken, werfe Decke und Tasche zur Seite und beuge mich zu ihr hinab.

»Hat dich was gestochen, tut dir was weh?«

Meine Schwester schüttelt den Kopf und schluchzt weiter.

» Anni … Anna …«, sagt sie schnell, schafft es aber nicht, den Satz zu beenden.

Sie kniet, stützt sich mit dem Armen am Boden ab und hat nun den Kopf gehoben. Immer mehr Tränen laufen über ihre Wangen.

Ich bin nun auch auf dem Boden und krieche zu ihr.

Lina hat Angst. Ich weiß nicht, warum, doch ich weiß, dass sie meine Hilfe braucht.

Wie konnte ich nur nicht merken, wie schlecht es ihr ergangen ist?

Ich streiche ihr beruhigend über den Kopf. Sie weint weiter.

So verzweifelt habe ich sie noch nie gesehen. Auch nicht, als unser Hund Bruno vor ein paar Jahren überfahren wurde.

Tröstend nehme ich meine Schwester in den Arm.

Als sie sich fast beruhigt hat, klingelt wieder ihr Handy.

Lina hält inne und hört auf zu weinen.

»Das ist Tim«, flüstert sie und wischt sich ihre Tränen fort, ihre Unterlippe zittert.

Ich balle meine Hände zu Fäusten, Wut steigt in mir hoch.

Irgendwie muss ich sie dazu bringen, mir zu sagen, was vorgefallen ist.

Das Handy liegt mit dem Display nach oben im Gras, Tims Grinsen ist auf einmal nicht mehr schön anzusehen. Ich habe das Gefühl, dass er mich nicht an, sondern auslacht.

Ohne zu zögern, greife ich danach, halte es so, dass wir beide hören können, was er sagt: »Hi Baby, ich wollte dir letztens nicht wieder wehtun. Sei nicht mehr sauer auf mich, ok? Ich wollte, dass du bei mir bleibst. Ich mache es wieder gut ...«, säuselt er.

Lina dreht sich von mir weg und übergibt sich.

»Hallo Lina, ist alles ok bei dir?«, hören wir Tims Stimme aus dem Handy rufen.

Fassungslos starre ich das Handy an. Meine Hände zittern, mein Mund ist trocken.

Ich will ihn anschreien.

Meine Wut wandelt sich in Verzweiflung und auch mir treten Tränen in die Augen. Ich versuche sie runter zu schlucken.

Lina braucht mich jetzt!

Ich schließe die Augen und versuche einen klaren Gedanken zu fassen. Ich atme die Tränen weg.

Lina schluchzt hinter mir auf. Der Wind weht den Geruch von Gallenflüssigkeit zu mir herüber.

Tim spricht weiter. Ich höre ihm jedoch nicht mehr weiter zu, sondern unterbreche ihn, indem ich auflege.

Danach suche ich in der Tasche nach einem Taschentuch für meine Schwester. Dankend schaut sie mich an und säubert sich damit den Mund. Anschließend verstaue ich erst ihre und dann meine Sachen in der Tasche.

Gerade als ich Linas Kopfhörer eingesteckt habe, werde ich von einem Regentropfen am Kopf getroffen. Ein Weiterer trifft meine Nasenspitze.

Lina seufzt auf, noch immer hockt sie auf dem Boden, doch nun hebt sie den Kopf. Ihr Gesicht ist noch immer blass und ihre Haut ist um die Augen herum fleckig vom Weinen. Doch sie scheint sich wieder soweit gefasst zu haben. Sie steht auf und schaut mich herausfordernd an.

»Wettrennen? Wer als Erste beim Auto ist?«, raunt sie mir zu.

Ich nicke und wir laufe, so schnell es geht dem einsetzenden Regenschauer davon.

In der Ferne donnert es. Ich zähle innerlich die Zeit bis zum ersten Blitz. Fünf Sekunden, das sind fünf Kilometer.

Wir sind klatschnass, als wir am Auto ankommen. Aufatmend lassen wir uns auf die Sitze sinken, wischen uns die feuchten Haare aus dem Gesicht.

Ich starrte den Motor, doch bevor ich losfahre, berührt meine Schwester sachte meine Schulter: »Bitte Anni, sag niemand etwas davon.«

Ich seufze auf.

Wie soll ich ihr das Versprechen?

Ich runzle die Stirn und nicke.

»Mir ist immer noch schlecht«, krächzt meine Schwester.

Nun sehe ich, dass sie zittert.

»Stimmt, recht hast du mich fröstelt auch. Dann lass uns heimfahren.«

Sie nickt und ich ebenfalls.

Vielleicht fällt mir ja eine Lösung ein, geht es mir durch den Kopf.

Hoffentlich.

Kurz überlege ich, sie zu fragen, seit wann sie offenbar nicht mehr mit Sophia befreundet ist und warum sie ihr ihre neue Handynummer nicht gegeben hat. Doch dann beschließe ich, es auf später zu verschieben.

4. Kapitel

Tim:

Zwei Wochen vor der Szene im Schwimmbad gegen 22 Uhr. In Tims WG.

»Verdammt!«, schreie ich und schlage mit der linken Faust gegen einen der Küchenschränke. Er ist nicht gerade hochwertig, sodass die Tür unter dem Schlag zerbricht. Ich höre das Holz splittern und spüre, wie die Splitter in meine Haut eindringen.

Ich fluche laut: »Scheiße!« Und ziehe langsam meine Hand zurück.

Blut quillt zwischen meinen Fingern hervor. Als ich versuche, die Faust zu öffnen, besteht diese nur noch aus brennendem Schmerz. Ich stöhne auf und lasse mich auf dem nächststehenden Stuhl sinken. Mit der rechten Hand umfasse ich mein linkes Handgelenk und versuche es zu bewegen. Rote Tropfen verteilen sich auf dem Laminat unter mir. Wieder fluche ich. Meine Finger und mein Handgelenk sind geschwollen. Ich weiß, dass ich die Splitter entfernen muss.

Ein Sekundenbruchteil später kommt Nils, mein Mitbewohner in mein Zimmer gestürmt. Mein Retter in der Not. Er ist immer zur Stelle, wenn ich ihn brauche. Wir teilen uns nun schon seit ein paar Jahren diese Wohnung.

»Hey Mann, was ist los? Du brüllst ja das ganze Haus zusammen! Hast du dich verletzt? Was ist passiert?«, sprudelt es aus ihm heraus.

Er stürmt auf mich zu, sieht meine verletzte Hand.

»Warte!«, ruft er und läuft wieder aus dem Zimmer, um eine Pinzette und den Verbandskasten holen, den er immer auf dem neuesten Stand hält.

Nils studiert Medizin und will Chirurg in einer Klinik werden. Er ist sechsundzwanzig und arbeitet nebenbei als Rettungsassistent. Das hat er schon gemacht, bevor er das Studium begann.

Vorsichtig hebt Nils meine Hand an. Ich presse die Lippen aufeinander.

»Oh ja, ich kann mir vorstellen, dass du Schmerzen hast. Der Knochen scheint stark geprellt zu sein. Um einen Bruch auszuschließen, solltest du die Hand aber röntgen lassen. Soll ich dir die Splitter entfernen? Es wäre nicht direkt nötig. Wenn du möchtest, lege ich dir erst mal einen Verband an.«

Ich schüttle den Kopf.

Nils nickt und fängt während des Redens schon damit an, meine Wunden mit Jod zu betupfen. Es brennt, ich kneife die Augen zusammen. Geschickt und schnell entfernt Nils die Splitter, ich beiße die Zähne fest zusammen und zähle innerlich, bis es vorbei ist. Danach bandagiert mein Mitbewohner das Gelenk. Am Schluss fixiert er alle Finger einzeln und führt die Bandage weiter bis über das Handgelenk.

Um mehr Stabilität zu erzeugen, bindet er den Verband bis zum Ellenbogen des gesamten Armes. Mit einem Pflasterstreifen befestigt er den Verband zu guter Letzt am Ellenbogen.

Nils nickt und schaut mich an. »So, das sollte erst mal halten. Sagst du mir jetzt, was passiert ist?«

Ich weiche seinem Blick aus, schüttle den Kopf. Dafür müsste ich ihm die ganze Geschichte erzählen. Und was würde er dann von mir denken? Ich weiß ja selber nicht, wie es soweit kommen konnte.

Nils wartet noch immer auf eine Antwort. Die Ruhe selbst, so hatte ich ihn damals auch in der Uni kennengelernt, als er einen Aushang an die Pinnwand heftete, auf der er einen Mitbewohner suchte. Sein damaliger Mitbewohner war mit dem Studium fertig gewesen und zum Arbeiten in eine andere Stadt gezogen. Nils machte einen netten Eindruck und ich sprach ihn daraufhin direkt an.

Zwei Wochen später zog ich hier ein. Die Möbel hatte mir der Vormieter netterweise für kleines Geld überlassen.

Nils holt mich in die Gegenwart zurück.

»Tim, du kannst mir alles sagen. Ich weiß, dass in deinem Elternhaus offenes Reden nicht gerade groß geschrieben wird. Auch wenn ich deinen Vater bisher nur einmal gesehen haben, als er dir beim Umzug half.«

Aufmunternd klopft mir Nils auf die Schulter. Er hat blonde, oft etwas verstrubbelte, halblange Haare. Ein paar Sommersprossen tanzen wie immer über seine Nase und seine braunen Augen habe ich noch nie verärgert schauen sehen. Seine Freundin ist öfter mal am Wochenende hier, auch mit ihr pflegt er immer einen herzlichen Umgang. Sie sind eines von diesen Langzeitpärchen, die scheinbar alles richtig gemacht haben. Sie klären ihre Probleme immer in Ruhe und werden selten laut.

Nils schaut sich um und sieht das Loch im Hochschrank. Er runzelt die Stirn, öffnet den Mund, um etwas zu sagen, doch dann ertönt der Melder an seinem Gürtel.

Er räuspert sich, schaut kurz auf das Gerät und schaltet das Geräusch aus. Dann dreht mein Mitbewohner sich noch einmal kurz zu mir um.

»Ich würde dir gern bei deinem Problem helfen, Mann, aber ich muss los. Du weißt, die Pflicht. Aber tue mir einen Gefallen, gehe wenigstens zu einem Arzt und lasse da noch mal auf deine Wunde schauen. Wir wollen doch nicht, dass du im schlimmsten Fall eine Sepsis bekommst. Ich vermute, du willst nicht mit ins Krankenhaus zum Röntgen?«

Ich schüttle den Kopf, schlucke und werde blass.

Auf gar keinen Fall will ich das!

Er steht auf, fasst mich noch mal an der Schulter an. Ich sehe in seinem Blick, dass er ein schlechtes Gewissen hat, mich alleine zu lassen.

»Bist du dir sicher, dass du ohne mich klar kommst? Im Notfall bitte ich ausnahmsweise mal einen Kollegen für mich einzuspringen.«

Prüfend ruht sein Blick auf mir. Ich schüttle den Kopf und nicke dann.

Ich brauche Zeit zum Nachdenken. Ich muss überlegen, was ich als Nächstes tun werde. Lina wird das, was passiert ist, bestimmt ihrer Zwillingsschwester erzählen. Die beiden haben keine Geheimnisse voreinander. Wenn sie anschließend zur Polizei gehen, bin ich richtig am Arsch.

Ich zwinkere, um von meiner Unsicherheit abzulenken, das tue ich schon seit meiner Kindheit. Nils wartet noch einen Moment ab. Dann klingelt sein Handy. Er wird wirklich dringend gebraucht. Innerlich scheint er aber hin und her gerissen. Nils ist für jeden da, egal ob Familie, Freunde, Kommilitonen oder seinen Mitbewohner. Er hat jederzeit ein offenes Ohr und hilft, wo er kann. Ich kann mich nicht daran erinnern, jemals mitbekommen zu haben, dass er je jemanden im Stich gelassen hat.

»Geh ruhig, ich komme klar«, sage ich mit rauer Stimme zu ihm.

Ich hoffe, er merkt nicht das Zittern in ihr.

Doch die Zeit erlaubt Nils nicht länger zu warten. Seufzend geht er in sein Zimmer. Ich höre, wie er seinen Kleiderschrank öffnet und dann wieder schließt.

»Ruf mich an, wenn es dir schlechter geht, ok?«, ruft er mir zu, nachdem er noch mal kurz im Bad war.

Eine Weile später fällt die Haustür hinter ihm ins Schloss.

»Danke«, meine Stimme ist heiser und ich weiß, dass er mich nicht mehr hören kann.

Erleichtert atme ich auf, schaue auf meine Hand. Ich bin froh, dass er so schnell zur Stelle war. Doch seine Fragen waren mir unangenehm.

Stille umgibt mich, die Anspannung fällt für einen Moment von mir. Ich merke, wie mein T-Shirt an meinem Rücken klebt und sich kleine Schweißperlen auf meiner Oberlippe gebildet haben. Die Nachbarn in der Nebenwohnung drehen plötzlich laut Metallica auf, einer meiner Lieblingsbands und ich vergesse für einen Moment alles um mich herum. Ich schließe die Augen und lasse mich innerlich treiben. Zwei Songs später hört die Musik so abrupt auf, wie sie begonnen hat. Ich höre zwei Männerstimmen diskutieren, dann wird eine Tür geschlossen und ich höre schnelle Schritte, die die Treppe durch den Flur nach unten gehen.

Ich stehe schwerfällig auf, habe Durst. Im Kühlschrank steht eine halb leere Flasche Cola. Ich setze sie an und leere sie. Danach stelle ich die Flasche auf dem Küchentisch ab und gehe zum Fenster. Es regnet heute schon den ganzen Tag in Strömen. Ein Ende ist wohl laut dem Wetterbericht auch in den nächsten Tagen nicht in Sicht. Aber ich habe heute eh nicht mehr vor, die Wohnung zu verlassen.

Kurz darauf klingelt mein Handy und ich denke direkt an Lina. Auch wenn mir klar ist, dass sie die Letzte sein wird, die im Moment mit mir sprechen möchte. Ich habe ihr die letzten Wochen zu oft wehgetan.

Ich wische mir durchs Gesicht. Versuche, die Erinnerung zu verdrängen.

Das wird sie mir nie verzeihen. Ich habe es übertrieben. Was war nur in mich gefahren? Ich erkenne mich selbst nicht mehr.

Enttäuscht von mir fange ich an zu weinen. Ich höre gedanklich meinen Vater sagen:

Tim, ein Mann weint nicht. Du weißt, wir zeigen unsere Gefühle nicht. Zum Stressabbau haben wir Sport, den Alkohol und ab und an eine Zigarette.

Das Handy klingelt weiter penetrant. Schluchzend wische mir die Tränen fort. Es liegt auf dem Tisch vor mir. Ich fühle mich um Jahre gealtert, lasse mein Arme nach unten hängen. Das Pochen in meiner Hand wird immer stärker. Nils Rat zeitnah einen Arzt aufzusuchen, schießt mir durch den Kopf.

Meine gesunde Hand zittert, als ich nach meinem Telefon greife. Als hätte ich es geahnt, sehe ich ein Bild meines Vaters auf dem Display. In Anzug und Krawatte grinst er mir auf dem Foto selbstsicher entgegen.

Er hat mir von klein an Disziplin beigebracht. Ich räuspere mich, doch ich kann nicht ran gehen.

Von meiner vergeigten Prüfung vor ein paar Wochen weiß er noch nichts. Auch nicht, dass dadurch mein komplettes Jura Studium gefährdet ist. Ich warte noch auf die Rückmeldung von der Prüfungskommission, wie es für mich weiter gehen wird. Hinzu kommt noch der Vorfall mit Lina. Mein Vater liebt mich, aber schenkt mir nur Anerkennung, wenn ich, die von ihm vorgegeben Erwartungen zu seiner vollsten Zufriedenheit erfülle.

Ich denke an meinen älteren Bruder, uns trennen zehn Jahre. Er ist schon vor einer Weile in die Familienkanzlei eingestiegen. Die ganze Familie wartet darauf, dass auch ich bald dem Familienunternehmen beitreten werde. Meine Mutter und mein Vater haben die Kanzlei gemeinsam gegründet. Manchmal habe ich das Gefühl, sie sind mehr stolz auf ihren beruflichen Erfolg als allgemein auf ihre Söhne.

Lina ist bei allen beliebt. Mit ihrer freundlichen und offenen Art findet sie schnell Freunde und auch für die Zukunft hat sie große Pläne. Deshalb drückt mein Vater auch ein Auge zu und akzeptiert sie, obwohl sie nicht ebenfalls Jura studiert. Hauptsache, sie ist strebsam.

Endlich verstummt mein Handy. Dafür erhalte ich kurz darauf eine Sprachnachricht.

Ich schließe die Augen, atme tief ein und aus und beschließe, diese später anzuhören. Noch immer versuche ich einen klaren Gedanken zu fassen. In meiner Erinnerung schieben sich die Bilder mit Lina immer wieder vor mein inneres Auge.

In dem Moment, in dem sie geschrien hat, war es mir gar nicht so bewusst gewesen, was ich ihr antue. Ich hatte zuvor zwei Gläser Whiskey getrunken. Den Alkohol hatte mir mein Vater zu Weihnachten geschenkt. Dadurch fühlte ich mich betäubt. »Einer von den Guten. Sieh es als Belohnung für deine sensationellen Leistungen. Ich hoffe, es werden bald noch weitere Folgen«, hatte er beim Überreichen des Geschenks zu mir gesagt. Ich hatte zustimmend genickt. Damals lief alles hervorragend für mich. Wann hat diese Erfolgswelle aufgehört? Ich kann mich nicht erinnern.

Langsam stehe ich auf.

Bei ihm erscheint immer alles so einfach und unkompliziert. Ach, könnte ich doch auch so sein.

Mein Handy gibt einen Signalton von sich.

Bestimmt mein Bruder, er schreibt mir immer, wenn Vater mich nicht erreicht. Angeblich, weil er sich dann Sorgen macht und er nachfragen will, ob bei mir alles okay ist.

Martin ist ein ruhiger, strebsamer Typ. Er versucht zwischen unserem Vater und mir zu vermitteln, wenn es mal wieder Spannungen zwischen uns gibt. Und auch sonst erfüllt mein Bruder alle Erwartungen. Er hat sein Studium mit Bravour abgeschlossen. Er sieht alle Dinge meist rational und handelt danach. Außerdem hatte er als erstgeborener zehn Jahre lang einen ganz anderen Status als ich. Noch heute ist das Band zwischen ihm und unseren Eltern besonders stark. Vater hat zum Beispiel noch nie ein schlechtes Wort über ihn verloren.

Als ich klein war, hat Martin oft auf mich aufgepasst. In meiner Teenagerzeit war er mir mehr Bezugsperson als mein Vater. Dennoch verlangt auch Martin viel von mir. Wir Söhne haben uns daran zu halten, was unsere Eltern verlangen, das ist seit jeher Gesetz in unserer Familie gewesen. Mein Bruder ist nur eine Spur weniger streng. Lange unterstütze er mich mit Nachhilfe in den naturwissenschaftlichen Fächern und war dabei sehr geduldig. Ich musste immer viel lernen, um an gute Noten zu kommen. Martin, so schien es, musste sich dafür hingegen nicht groß bemühen. Er hatte aber nie großes Aufsehen darum gemacht und mir oft geholfen, meine Differenzen auszugleichen und ebenfalls das Abitur abzuschließen. Auch vor der Zulassung zur Aufnahmeprüfung war er an meiner Seite. Trotzdem habe ich auch ihm noch nichts von der nicht bestandenen Prüfung erzählt. Denn dann würde ich auch ihn enttäuschen.

Meine Hand beginnt noch stärker zu pochen. Es wäre bestimmt nicht verkehrt, eine Schmerztablette zu nehmen. Ich gehe ins Bad, durchwühle die Hausapotheke und werde schnell fündig.

Ohne lange zu überlegen, schlucke ich die Tablette runter und spüle mit Wasser nach. Mir ist etwas übel und ich beschließe mich aufs Ohr zu hauen.

Ich schaffe es nicht, meine Klamotten auszuziehen. Aber das ist egal. Ich lasse mich aufs Bettzeug fallen, die Laken sind noch zerwühlt von dem Zusammensein mit Lina. Der Stoff riecht nach ihrem Kokosshampoo.

Ob ich mir den Wecker stellen soll?

Ach, wozu. Meine Familie wird keine Ruhe geben. Einer von ihnen reißt mich sicher in den nächsten paar Stunden mit einem Anruf aus dem Schlaf.

Neben meinem Kopfkissen liegt ein Haargummi von Lina. Mir schießen wieder Tränen in die Augen. Ich seufze tief auf.

Vielleicht vergibt sie mir ja doch. Es war nicht meine Absicht, ihr so etwas Fürchterliches anzutun. Ich liebe sie doch!

Ich beginne zu zittern. Mit letzter Kraft schaffe ich es, mich in meine Decke einzuwickeln. Dann fallen meine Augen zu. Mein Gedächtnis spielt das, was passierte, abermals vor meinem inneren Auge ab. Linas letzte Worte hallen noch nach. »Ich hasse dich! Wie konntest du mir das antun?

Das werde ich dir nie verzeihen! Tim … Ich … kann nicht mehr. Es ist vorbei!«

Schweißgebadet wache ich auf. Die digitale Uhr auf meinem Handy zeigt dreiundzwanzig Uhr an.

Die Verletzungen an meiner Hand brennen und mir ist schnell klar, dass ich Fieber habe. Auch mein Verband fühlt sich feucht an. Zunächst denke ich vom Schwitzen, doch dann schaue ich prüfend auf meine linke Hand und erschrecke mich. Ich will aufspringen, doch mir fehlt die Kraft.

Ich muss den Verband wechseln, schießt es mir durch den Kopf.

Das Fieber hat mich fest im Griff.

Wann Nils wohl wieder kommt?

Als hätte es jemand geahnt, dass ich wieder wach bin, klingelt mein Handy. Ich nehme das Gespräch an.

»Ja …«, meine Stimme ist rau und kraftlos.

»Tim?«, höre ich Lina leise flüstern.

Ich huste, mein Kopf dröhnt. Trotzdem versuche ich, wenigstens meinen Oberkörper aufzurichten, indem ich mir mein Kopfkissen als Stütze in den Rücken stopfe. Der Schweiß läuft mir in den Nacken.

»Lina …« sage ich in mein Handy und sehe ihr schönes Gesicht vor meinem geistigen Auge.

Meine Hände zittern.

»Bist du allein?«, fragt meine Freundin unsicher.

»Ja, bin ich.«

Meine Hand fühlt sich an, als würde sie von tausend kleinen Nadeln durchbohrt. Hoffentlich kommt Nils bald nach Hause, ich will nicht zu einem Arzt, geschweige denn ins Krankenhaus. Auch wenn ich weiß, dass es nicht mehr lange dauert, bis ich keine Wahl mehr habe. Die Wunde scheint stark entzündet zu sein.

»Geht es dir gut?«, bringe ich nun heraus.

Mir wird übel, ich atme tief durch die Nase ein und aus.

»Ja …«, flüstert Lina.

»Lina, ich …«, setze ich an, mich zu entschuldigen.

Mein Mund ist trocken, ich bringe die Worte nicht über meine Lippen.

»… und, dir? Wie geht es dir?«, geht meine Freundin auf mich ein.

Mein schlechtes Gewissen wegen dem, was ich ihr angetan habe, wird noch größer.

»Gut«, sage ich mit zitternder Stimme und hoffe, dass sie nicht merkt, wie es mir wirklich geht.

»Tim, das, was passiert ist … Ich kann es nicht vergessen. Auch wenn ich die Augen schließe. Die letzte Nacht habe ich so gut wie gar nicht geschlafen. Und ich kann mir nicht mir nicht vorstellen, dass es diese Nacht besser wird.«

Also haben wir nicht eine Stunde, sondern fast einen Tag später, schießt es mir durch den Kopf. *Ich habe viel zu viel Zeit verschlafen, ohne es zu merken.*

Ich räuspere mich. Ich weiß nicht, was ich sagen soll. Das spielt wohl auch keine Rolle.

»Anna ist bei mir. Sie will, dass ich zur Polizei gehe. Sie sagt, du hast eine Grenze überschritten. Du weißt, was das bedeutet. Meine Eltern habe ich noch nichts davon gesagt. Ich will nicht, dass sie sich Sorgen machen. Mein Vater, ich weiß nicht, was er tut, wenn er erfährt, was du mir angetan hast …«, sprudelt es aus ihr heraus.

Nur den letzten Satz schafft sie nicht zu beende.

Ich stöhne auf.

Im Hintergrund höre ich Anna murmeln.

»Die Schwester kommt gleich und will mir noch ein Schmerzmittel verabreichen. Ins Krankenhaus zu gehen war unvermeidbar. Ich muss jetzt auflegen.«

Ihre Stimme ebbt für einen Moment ab.

Mir rutscht das Handy aus der Hand in meinen Schoß.

Morgen wird sie mich anzeigen.

»Warum hast du das getan?«, höre ich meine Freundin mit einem Mal schreien.

»Ich habe dich geliebt und du Arschloch hast mir immer wieder wehgetan. Aber das, was du gestern gemacht hast, das werde ich dir nie verzeihen!«, brüllt sie.

Dann fängt sie an zu weinen.

Zwischen Linas Schluchzern höre ich Annas beruhigende Stimme. Eine weitere Stimme kommt hinzu und bald darauf wird Lina ruhig. Offenbar ist die Schwester, von der sie gesprochen hat, in ihr Zimmer gekommen. Kurz darauf dringt nur noch Tuten aus dem Hörer. Sie hat das Gespräch beendet.

Ich schlage meine Hände vors Gesicht.

Ich hätte nicht ihre Bluse und ihren Slip zerreißen sollen. Doch ich habe sie aufs Bett gedrückt und ihre Oberschenkel auseinandergepresst. Dann bin ich gewaltsam in sie eingedrungen.

Fast im gleichen Moment spüre ich eine Hand auf meiner Schulter.

»Hey, Mann, komm, ich bringe dich zum Arzt«, höre ich Tim beruhigend auf mich einreden.

Ich schüttle den Kopf, bin jedoch zu schwach, um mich zu wehren.

Zwei Tage später.

Nils hatte rechtzeitig gehandelt. Der Arzt verschrieb mir ein Antibiotikum gegen die leichte Sepsis. Ich hätte noch Glück gehabt, meinte er. Mit dem Medikament und etwas Ruhe würde ich das Ganze in ein paar Tagen überstanden haben.

Und so war es auch. Heute Morgen bin ich aufgewacht und mir ging es wieder gut. Körperlich jedenfalls. Ein neuer Verband bedeckte nun nur noch das Handgelenk und die Wunden, welche immer weiter heilten. Bald würde ich ihn gar nicht mehr brauchen.

Lina erreichte ich nicht. Meine Textnachrichten beantwortet sie nicht und auch auf meine Anrufe geht sie nicht ein. Wut stieg in mir auf. Ihr Whatsapp-profilbild zeigte sie mit Anna. Beide lachten dabei in die Kamera. Vor ein paar Wochen war noch ein Bild von uns beiden an dieser Stelle gewesen.

Einfach so strich sie mich aus ihrem Leben? Ja, ich hatte sie verletzt. Aber machte nicht jeder mal Fehler?

Ich presse die Lippen aufeinander. Anna hat ihr geholfen, sich von mir zu trennen. Alleine wäre Lina dazu bestimmt nicht in der Lage gewesen. Sie liebt mich weiterhin, das weiß ich. Mein Gesichtsausdruck wird verbissener. Dafür werden die beiden bezahlen. In Gedanken beginne ich, einen Plan zu schmieden. Ich muss die beiden auf jeden Fall getrennt aufsuchen. Einzeln sind sie weniger stark. Bisher war die Polizei noch nicht bei mir gewesen. Das verwundert mich, jedoch verschafft es mir mehr Zeit. Wenn ich ihnen eine Lektion erteilen will, muss ich mich beeilen.

5. Kapitel

Anna:

Eine Woche später. Gegen 16 Uhr.

Es ist Sonntag Nachmittag und ich bin auf dem Weg ins Tierheim. Seit ungefähr einem Jahr gehe ich zweimal pro Woche mit meiner Pflegehündin Ada eine Stunde spazieren. Die letzten paar Wochen gab es ein paar Sommergewitter, sodass ich nicht Gassi gehen konnte, doch heute strahlt der Himmel in einem schönen Blau und ist wolkenlos. Doch nicht nur das schlechte Wetter hatte mich die letzte Zeit von meinen Besuchen im Tierheim abgehalten.

Lina, meine Lina.

Beim Gedanken an meine Zwillingsschwester wird mein Herz schwer und meine Hände beginnen zu zittern. Ich greife in meine Umhängetasche. Das Handy habe ich auf laut gestellt, falls Lina mich braucht, denn dann komme ich sofort zu ihr zurück. Das habe ich ihr versprochen.

Ich habe Angst, dass sie sich von dem Erlebnis nie richtig erholen wird. Es gab schon Frauen, denen ein Suizid als einziger Ausweg erschien. Mir läuft ein kalter Schauer über den Rücken und ich versuche, den

Gedanken so schnell, wie er gekommen ist, wieder beiseitezuschieben.

Besonders ihr Lachen vermisse ich.

Bevor ich die Klingel vom Tierheim betätige, senke ich kurz den Kopf und atme tief durch.

Es dauert nicht lange und Robin, einer der Pfleger, lässt mich freudestrahlend herein.

Ich schätze sein Alter um die zwanzig. Im Hinter.grund höre ich einige Hunde kläffen und dazwischen ein paar Katzen miauen. Im Sommer setzen leider immer wieder viele Leute ihre Tiere aus. Bevor sie in Urlaub fahren, ist es besonders schlimm. Gerne würde ich selbst ein Tier adoptieren, doch mir fehlt neben meiner Ausbildung als Bibliothekarin einfach die Zeit und es ist natürlich auch eine finanzielle Sache.

Anfangs bin ich nur wegen der Nähe zu Tieren gekommen, doch in letzter Zeit bekomme ich öfter Herzklopfen, wenn Robin mir die Tür aufmacht.

Ob es ihm genauso ergeht?

Ich schiebe meine klobige Brille auf meiner Nase zurecht. Ich mag das blöde Ding nicht, aber von Kontaktlinsen brennen meine Augen und werden knallrot.

Ein paar Strähnen lösen sich aus meinem lose zusammengebundenen Zopf. Ich schaue an mir herunter und entdecke ein paar Schokoflecken auf meinem weiten, hellgrauen T-Shirt. Nun ist es zu spät, um sie wegzuwischen. Ich werfe noch schnell einen Blick auf meine Bluejeans, wenigstens sie scheint ok zu sein. Da ich gerade meine Periode habe, ist meine Akne noch stärker als sonst.

Ich würde am liebsten wieder umdrehen, doch jetzt ist es zu spät.

An mir ist echt keine Styling Queen verloren gegangen. Lina ist darin begabter. Auch wenn sie sich meist nur dezent schminkt, sieht sie stets makellos aus. Kein Wunder, das Tim vor einer Weile direkt hin und weg von ihr gewesen war. Tim … Bei dem Gedanken an ihn bekomme ich eine Gänsehaut. Es ist schrecklich, was er meiner Schwester angetan hat. Ich würde ihr so gerne helfen, doch sie liegt nur apatisch in ihrem Bett. Schläft und isst nichts. Mama und Papa habe ich bisher nichts gesagt, sie haben genug eigene Sorgen.

Ich hatte meine Schwester vorhin gefragt, ob sie mich ins Tierheim begleiten möchte, doch auch darauf ist keine Reaktion von ihr gekommen. So langsam zweifel ich daran, ob es nicht doch besser wäre, professionelle Unterstützung in Anspruch zu nehmen. Ich sprach meine Schwester darauf an, doch sie schüttelte nur den Kopf.

Lina hat viel Gewicht verloren. Sie war schon immer schlank, hat auf ihr Gewicht geachtet, doch nun sind ihre Wangen stark eingefallen, ihre sonst engen Klamotten sind ihr zu weit geworden und ihr Gesicht ist blass von zu wenig Schlaf.

»Hi Anna, schön, dass du da bist. Ada hat dich schon vom Fenster aus gesehen. Du hörst ja, wie sie sich freut«, meint Robin.

Er unterbricht meine Gedanken an Lina.

Mir wird sehr warm, bestimmt sind meine Wangen rot.

Er hat rotblonde kurze Haare und grüne strahlende Augen. Auch in Arbeiterkluft sieht er sexy aus. Ich schließe kurz die Augen und stelle mir vor, dass er mich küsst.

Ich würde so gerne seine Lippen auf meinen spüren …

Robin räuspert sich und holt mich aus meinen Schwärmereien in die Realität zurück. Ich öffne die Augen wieder und halte mir instinktiv die Hand vor den Mund, dabei habe ich gar nichts gesagt.

Wie kann ich nur jetzt darüber nachdenken, Robin näher zu kommen, während meine Schwester zu Hause versucht, das schlimmste Ereignis in ihrem Leben zu bewältigen?

Schuldbewusst ziehe ich meine Schultern nach oben. Ich merke, wie Robin mich erwartungsvoll anschaut und mir ist klar, dass ich ihm eine Antwort geben muss.

»Ja. Ich habe mich auch wieder sehr auf den Spaziergang mit Ada gefreut. Ich gehe dann mal zu ihrem Zwinger, wie immer?«, sprudelt es aus mir heraus.

Dabei würde ich ihm viel lieber sagen, was ich für ihn empfinde.

Wenn ich mich traue. Und mit Sicherheit weiß, dass es ihm genauso ergeht. Ich will mich ja nicht blamieren.

Er nickt.

»Ich gebe dir eine Leine aus dem Büro. Wenn du magst, kannst du die süße Maus aber gerne schon holen.«

Wenn er spricht, scheint es mir, als würde die Welt still stehen.

Ich kaue nervös an meiner Unterlippe herum und nicke. Sehnsüchtig schaue ich ihm nach, wie er im Büro, das sich links neben dem Eingang befindet, verschwindet. Er ist nicht so trainiert wie Tim, hat aber dennoch eine schlanke, gute Figur.

Anna, reiß dich jetzt mal zusammen!

Die Zwinger der Hunde liegen direkt hinter dem Eingang des Tierheims und erstrecken sich über beide Seiten. In der Mitte befindet sich der Gang. Mehrere Hunde springen aufgeregt bellend gegen die Gitter ihrer Zwinger. Manche fletschen dabei die Zähne. Sie haben viel Leid erfahren, sind nach außen hin aggressiv, doch in erster Linie haben die Tiere Angst. So hat es mir jedenfalls Robin erzählt, als ich das erste Mal hier war.

Auch wenn ich mich sicher fühle, klopft mein Herz schnell, als ich an den Hunden vorbei gehe. Gerne würde ich mit allen von ihnen spazieren gehen, sie am liebsten auch direkt mit nach Hause nehmen. Die Mitarbeiter des Tierheims geben alles, aber die meisten arbeiten nur ehrenamtlich neben ihrem Hauptjob hier. Ein liebevolles Heim werden sie nie ersetzen können.

Auch Ada ist ganz aufgeregt, als ich mich ihr nähere. Nun trennt uns nur noch die Gittertür. Sie heult freudig auf, springt hoch und wedelt mit dem Schwanz.

»Hi Ada, mein Schatz! Oh, ich freu mich auch dich zu sehen! Tut mir leid, ich hatte die letzten Wochen so viel um die Ohren, deswegen schaffe ich es erst heute zu dir.« *Lina lachte, als ich meinte, dass Tiere alles verstehen, was ich sage, so wie ich sie. Ich würde alles dafür geben, wenn sie jetzt wieder nur einmal kurz lächelt …*

Ich hocke mich vor den Zwinger, strecke die Finger durch die Gitterstäbe. Ada schleckt sie ab und hechelt schnell.

Sie ist eine kleine Dackelmischlingshündin mit hellbraunem Fell, welches teilweise an Bauch und Hinterbeinen gelockt ist. Ihre Augen schauen immer gütig und sind dunkelbraun. Die Vorbesitzerin war eine alte Dame, die sie wohl sehr liebte, aber sich nicht mehr um sie kümmern konnte, da sie an Demenz erkrankt ist. Ada ist seit über einem Jahr im Tierheim. Als ich ihr Foto auf der Homepage des Tierheims sah, habe ich mich direkt in sie verliebt.

Ich habe nur sehr wenige Freunde und habe mich Tieren gegenüber schon immer mehr verbunden gefühlt. Wir hatten in unserer Familie auch einen Hund, als Lina und ich in der Grundschule waren. Bruno, ein Mischling. Als er überfahren wurde, waren wir sehr traurig, aber bald darauf erkrankte Mama das erste Mal. Ein Tier zu Hause war danach nie wieder ein Thema.

Robin kommt nun auch den Gang entlang. Er klappert mit seinem Schlüsselbund und Ada wird noch nervöser, heult nun richtig laut. Sie kann es fast nicht mehr erwarten.

»Ruhig meine Liebe, gleich ist es soweit. Du hast deine Freundin sehr vermisst, nicht wahr? Das haben wir beide.«

Meine Augen werden groß.

Hat er das ernst gemeint?

Die Schlüssel klacken, als er das Schloss öffnet. Die Eisentür lässt sich nach innen öffnen.

Ich habe nicht viel Zeit, über seine Worte nachzudenken, denn nun stürmt die kleine Dackelhündin auf mich zu, springt an mir hoch und schmeißt mich dabei fast um. Ich lache auf. Offensichtlich dankbar leckt sie mir die Hände ab und schnüffelt an meinen Schuhen. Robin lacht auch und reicht mir eine lange Schleppleine.

»Ihr habt euch heute das perfekte Wetter ausgesucht. Schön, dass du wieder da bist, Anna. Ich dachte schon, es wäre etwas passiert, da du so lange nicht hier warst. Beinah hätte ich dich mal angerufen, um mich nach dir zu erkundigen.«

Ich erröte.

Wirklich? Es ist tatsächlich etwas geschehen. Etwas ganz Furchtbares. Ach Robin, ich würde es dir so gerne erzählen. Aber ich bin mir sicher, dass Lina das nicht möchte. Ich will meine Schwester nicht noch mehr verletzen.

Trotzdem öffne ich den Mund, doch im gleichen Moment legt sich ein Schatten über mich. Eine Hand greift nach meiner Schulter. Diese fühlt sich kalt und schwer an wie Blei. Ich erstarre und bekomme eine Gänsehaut am ganzen Körper. Ich wage es nicht, mich direkt umzudrehen.

»Hi Anna, hier steckst du also. Ich war mir nicht sicher, ob ich es noch schaffe, dich einzuholen. Magst du mir nicht deinen Freund vorstellen?«

Ada hält kurz inne und schaut an mir vorbei nach oben. Schließlich drehe ich mich um. Tim hat wie immer ein Lächeln auf dem Gesicht, doch es ist falsch.

Linas Handy hat sehr häufig geklingelt. Zudem bekam sie viele Nachrichten. Jetzt wird mir klar von wem.

Sie muss am Telefon mit ihm Schluss gemacht haben. Eigentlich sollte man das nicht tun, doch wie hätte sie ihm noch mal gegenüber treten können?

Es war ja fast klar, dass er nicht so schnell locker lassen wird. Bestimmt versucht er jetzt über mich an Lina heranzukommen. Ihm wird bewusst sein, dass sie bei mir Schutz sucht.

»Wie bist du denn hier reingekommen? Hier darf nicht jeder rein spazieren, wie er gerade Lust hat.« In Robins Stimme liegt ein kritischer Ton.

Ach Robin, wenn du wüsstest, zu was er noch in der Lage ist. Er muss mir aufgelauert haben. Ich glaube, mir wird schlecht.

»Sorry Mann. Ich bin Annas Bruder Tim. Die Gute ist wie so oft schusselig gewesen und hat ihre Wohnungsschlüssel vergessen. Ich habe ihr noch nachgerufen, doch da ist sie schon zur Bushaltestelle gerannt. Wie immer auf den letzten Drücker.« Tim lacht. Er spielt seine erfundene Rolle gut.

Ich möchte etwas erwidern.

»Hier Schwesterherz, deine Schlüssel«, sagt Tim, zieht einen Schlüsselbund aus seiner Hosentasche, nimmt meine Hand und drückt ihn mir hinein. Dann biegt er meine Finger zu einer Faust, damit er nicht wieder heraus fällt.

Ich öffne sie langsam wieder. Die Schlüssel gehören wirklich mir. An einer Seite hängt ein Fotoanhänger mit einem Bild von Lina und mir, als wir ungefähr vier Jahre alt waren. Ich habe damals gerade meine erste Brille bekommen. Wir lachen beide übers ganze Gesicht.

Ich unterdrücke einen Brechreiz.

Woher hat er meine Schlüssel? Oh Gott, Lina!

Mir wird im Wechsel heiß und kalt.

»Ach, ihr Bruder. Das erklärt aber immer noch nicht, wie du hier rein gekommen bist. Ich habe vorhin, direkt nachdem Anna kam, die Tür verschlossen. Das tue ich immer, wenn Besucher kommen.«

Robin mustert Tim noch immer vorwurfsvoll. Aber sein Gesicht wirkt wieder etwas entspannter, er scheint ihm zu glauben.

Tim hat seine Hände in seine kurze Jeanshose gesteckt. Er hat ein hellblaues Poloshirt an und streckt seine trainierte Brust selbstbewusst nach vorne. Trotzdem erkenne ich die dunklen Schatten unter seinen Augen.

Hat das Arschloch heute Nacht etwa nicht schlafen können? Hat es nun doch ein schlechtes Gewissen bekommen?

Ein Kribbeln schießt durch meinen Körper, Adrenalin. Die Wut auf ihn wächst.

»Abgeschlossen?«, fragt Tim den Pfleger erstaunt und zieht dabei seine Augenbrauen nach oben.

Nervös schaue ich zwischen den beiden hin und her.

Was ist Tims Plan? Warum ist er hier?

»Nein, die Tür stand einen Spalt offen. Ich war erstaunt und habe schon gedacht, dass so was in einem Tierheim bestimmt eher unüblich ist«, fährt Tim fort.

Robin runzelt die Stirn, hält kurz inne und räuspert sich. Dann legt er seine kritische Falte zwischen der Stirn mit einem Mal ab.

»Nun ist sie aber zu. Da sollte keiner mehr so einfach reinkommen. Es laufen da draußen Typen rum, vor denen sollte man sich echt in Acht nehmen. Nicht wahr, Anna?«, meint Tim und schaut mich auffordernd an.

»Ich … ja … Da hast du recht«, stottere ich, da ich nicht weiß, was ich erwidern soll.

Was will er von mir? Und wie geht es Lina, nachdem er bei ihr war?

Ich greife in meine Tasche und taste nach meinem Handy. Ada wird nun doch ungeduldig, nachdem sie ein paar Mal zwischen uns dreien hin und her geschaut hat. Sie ist schon an der Leine, die ich ihr, bevor Tim kam, angelegt habe.

»Ich glaube, ich sollte nun meinen Spaziergang starten«, sage ich halblaut, meine Stimme zittert.

Nur so kann ich herausfinden, was mit Anna ist.

»Super, ich werde dich begleiten, Schwesterherz«, erwidert Tim mit einem drohenden Unterton.

Ich schlucke schwer, meine Kehle ist wie zugeschnürt.

Robin schaut uns beide noch eine Weile an. Dann zuckt er jedoch mit den Schultern und lächelt mich an.

»Ich denke, das sollte in Ordnung sein, auch wenn du nicht als Pate für Ada eingetragen bist. Und Anna ist bestimmt froh, dass ihr Bruder etwas Zeit mit ihr verbringen möchte, oder? Ab und an sind in unserem Wald wirklich komische Gestalten unterwegs, da sollte ein Mädchen lieber jemand dabei haben, der sie beschützt.«

Beschützt …

Ich atme tief ein und aus. Trotzdem schaffe ich es nicht, etwas zu erwidern.

»Aber natürlich!«, sagt Tim für meinen Geschmack etwas zu laut.

Er legt mir wieder eine Hand auf die Schulter und führt mich Richtung Eingang.

»Viel Spaß!«, höre ich Robin uns nachrufen.

»Danke«, erwidert Tim. Er dreht sich nicht mehr um, aber hebt die freie Hand kurz hoch.

Die Tür fällt schwer und laut hinter uns ins Schloss.

Ada läuft vor mir über den Schotterweg, dreht sich aber öfter mal nach mir um. Sie merkt meine Unruhe.

Paten ist es nicht erlaubt, die Hunde abzuleinen. Ada scheint das allerdings nicht zu stören.

Das Tierheim liegt etwas abgelegen nahe bei einem Waldstück, das über einen schmalen Weg in wenigen Minuten erreichbar ist. Die Bäume links und rechts von uns werden immer dichter. Durch die Zweige blinzelt die Sonne und Vögel zwitschern fröhlich. Alles wirkt harmonisch und friedlich. Dennoch presse ich die Lippen fest zusammen. Tim, der rechts von mir geht, schaut immer wieder zu mir herüber.

Meine Gedanken drehen sich im Kreis. Ich habe so viel Fragen an ihn.

Ich will wissen, wo Anna ist. Und was hat er weiter vor?

Gleichzeitig habe ich aber auch Angst, dass er mir ebenfalls etwas antut. Im nächsten Moment würde ich

ihn gerne schlagen für das, was er meiner Zwillingsschwester angetan hat. Meine Gefühle fahren Achter-
bahn.

Ich senke den Kopf und schaue auf meine Hände,
die ich zu Fäusten geballt habe. Sport war noch nie
mein Ding, somit habe ich auch nicht wirklich viel
Kraft. Mutlos öffne ich meine Fäuste wieder. Mit einem Mal bleibt Ada stehen, watschelt dann auf einen
Baum rechts vom Weg zu, fletscht die Zähne und fängt
an zu knurren.

»Ada, was hast du denn?«, frage ich irritiert.

Der Dackel fängt plötzlich an, laut zu bellen. Sie
zieht kräftig an der Leine, scheint wie außer sich. So
habe ich sie noch nie erlebt. Ich höre etwas im Laub
hinter dem Baum rascheln, kann aber nichts sehen.

*Hatte Robin nicht etwas von merkwürdigen Gestalten
erzählt, die sich öfter mal hier rumtrieben? Vielleicht ist es
doch gut, dass Tim mich auf den Spaziergang begleitet hat.*

»Ruhig mein Mädchen. Wovor hast du denn
Angst?«, rufe ich Ada zu.

Aber sie reagiert nicht, bellt nur noch lauter.

»Tim …«

Er ist weg.

»Wo …?«, schreie ich, drehe mich von einer Seite
zur anderen.

Ich weiche zurück, will wegrennen, doch ich passe
nicht auf und knicke mit einem Fuß um. Ich stöhne
auf.

*Mit meinem Blick suche ich verzweifelt nach Hilfe, kann
aber keine anderen Spaziergänger in unmittelbarer Nähe
erkennen.*

In dem Moment jault Ada auf, etwas hat sie am Kopf getroffen. Sie sackt zusammen und bleibt reglos liegen.

»ADA!«, schreie ich.

Die Leine, die nun locker ist, rutscht mir aus der Hand.

Hinter mir höre ich schnelle Schritte. Als ich mich umdrehe, drückt mir jemand in Sekundenschnelle ein getränktes Tuch vors Gesicht. Der Geruch brennt in meiner Nase und mir wird schwindelig.

Das Letzte, was ich höre, ist: »Du bist schuld, dass sich Lina von mir getrennt hat. Dafür wirst du bezahlen.«

6. Kapitel

Lina:

Am selben Tag. Wenige Stunden zuvor.

Die Tür ist hinter meiner Zwillingsschwester ins Schloss gefallen.

Ich liege auf meinem Bett, die Arme neben meinem Körper, die Augen geschlossen, ich würde so gerne schlafen, doch ich kann nicht. Die Ärztin sagte, die Wunden würden bald heilen.

Wann ist bald? Wer hilft mir aus diesem Sumpf? Ich hätte mit Anna und Ada mitgehen sollen.

Meine Schwester und ihre Liebe zu Tieren ist unerschütterlich. Sie hatte schon damals unseren Familienhund sehr geliebt.

Kurz schwelge ich in Kindheitserinnerungen. Wir fünf hatten alle viel Spaß miteinander gehabt: Bruno, Anna, Mama, Papa und ich. Auf dem Wohnzimmerschrank stehen noch Bilder von dieser unbeschwerten Zeit. Anna und ich waren damals dreizehn gewesen.

Damals … Als Mama noch laufen konnte und Papa häufig lachte.

Bruno war ein sehr lieber Hund gewesen. Nur zu ungestüm.

Der arme Bruno.

An der Stelle, wo er im Garten begraben wurde, haben wir einen Rosenbusch gepflanzt. Er blüht seitdem jeden Sommer. Ich wische mir übers Gesicht und versuche zu vergessen, auch wenn es teilweise schöne Erinnerungen waren. Stattdessen denke ich an Ada.

Auch eine Zwei-Zimmer-Wohnung in der Südstadt ist nichts für einen Hund. Ich versuche, die Augen zu öffnen, doch mein Kopf pocht und meine Augen brennen. Ich fühle mich noch zu erschöpft.

Nur ein bisschen schlafen, ein paar Minuten. Bald ist wieder morgen. Und morgen ist alles wieder gut. Hat Mama immer gesagt.

Ich höre Schritte im Flur und schrecke aus dem Schlaf hoch.

»Anna …?«, nuschle ich und reibe mir die Augen.

Meine Kopfschmerzen sind noch da, aber sie sind etwas besser. Ich seufze und strecke meine schweren Glieder. Anna scheint in ihr Zimmer gegangen zu sein. Ich rufe ihr zu: »Bist du schon zurück? Ich muss eingeschlafen sein.«

Ich habe es geschafft, mich halb im Bett aufzurichten. Und meine Stimme, so merke ich selbst, gewinnt langsam wieder etwas an Kraft.

Langsam richte ich mich vollständig auf und entferne mich vom Bett. Mein Mund ist trocken und ich suche nach etwas zum Trinken. Vorhin hatte ich hier etwas abgestellt. Auf der anderen Bettseite auf einem Beistelltisch entdecke ich mein noch halb gefülltes Wasserglas. Ich greife danach, schütte den Inhalt hinunter und überlege, mir noch etwas zu holen, denn mein Durst ist noch nicht gestillt. Ich stehe auf und mache mich auf den Weg in die Küche. Etwas schwach fühle ich mich auf den Beinen, doch sie zu bewegen, tut gut.

Ob Anna etwas vergessen hat und wieder gegangen ist? Aber dann hätte ich doch die Tür gehört oder?

»Schwesterherz, bist du schon wieder weg?«, frage ich, während ich mein Glas am Wasserhahn in der Küche auffülle.

Ich wollte es gerade noch mal zum Trinken ansetzen, als hinter mir eine Stimme ertönt: »Hey Baby. Freust du dich, mich wiederzusehen? Hast du mich auch so vermisst wie ich dich?«

Das Glas rutscht mir aus der Hand, zerspringt am Boden.

Ruckartig drehe ich mich um, schützend lege ich meine linke Hand auf den Bauch. Tim steht im Eingang der schmalen Küche, nur wenige Meter von mir entfernt.

Es war falsch zu denken, dass ich all meine Tränen schon verbraucht habe. Sie strömen meine Wangen hinab. Ich öffne den Mund, doch es kommt kein Ton heraus. Ich schließe die Augen und versuche mich zu beruhigen, doch es gelingt mir nicht. Mein Herz klopft, als würde es gleich zerplatzen. Meine Zähne klappern, mir ist kalt, dabei ist es in der ganzen Wohnung noch schwül von der Tageshitze.

Ist das ein Albtraum?

Als ich kurz darauf wieder meine Augen öffne, sehe ich, wie mein Ex-Freund langsam auf mich zugeht. Sein Lächeln, das ich so an ihm geliebt habe, erscheint mir jetzt wie eine Fratze. Kurz vor mir bleibt er stehen und hebt mit einem Finger mein Kinn an. Er ist ein gutes Stück größer als ich. Er lacht leise. Sein Atem riecht nach einer Mischung aus Alkohol und Nikotin.

»Warst du schon bei der Polizei?«, fragt er mit rauchiger Stimme und ich spüre seinen Atem im Gesicht.

Ich wünsche mich an einen anderen Ort, bemühe mich aber, meine Augen offen zu halten.

Ich schüttle den Kopf.

Werden sie mir glauben? Je mehr Zeit seitdem verstrichen war, desto weniger schaffte ich es, mich zu überwinden, es zu tun. Vor zwei Tagen habe ich zu allem Überfluss auch noch einen positiven Schwangerschaftstest in den Händen gehalten. Aber ich will versuchen, so lange es geht, die Schwangerschaft vor ihm geheim zu halten. Und dann werde ich mich und das Baby vor ihm in Sicherheit bringen.

»Lina, bist du etwa müde, mein Schatz? Konntest du nicht schlafen, weil du meine Nähe vermisst hast? Mein nackter Körper auf deinem«, sagt er und lacht schallend und spielt dabei auf meine dunklen Augenringe an.

Du Schwein! Warum kannst du mich nicht einfach in Ruhe lassen!

Von Nahem sehe ich nun die grauen Schatten unter seinen Augen und die Wut in ihnen.

Warum, kann er nicht genug davon kriegen, mich zu erniedrigen?

Ich versuche, den Kopf wegzudrehen.

»Nein«, wispere ich.

»Gut«, erwidert er und nimmt den Finger von meinem Kinn.

Ich senke meinen Kopf, starre auf meine Füße. Ein paar Scherben haben blutige, kleine Stellen in der Haut hinterlassen. Komischerweise tut es gar nicht weh.

»Lass uns noch mal miteinander reden, mein Engel. Das war alles nur ein Missverständnis. Ich hatte nie vor, dir wehzutun. Aber es war deine Schuld, du hast dich mir widersetzt. Keine Frau darf das!«

Tims Stimme überschlägt sich mit einem Mal.

Ich presse die Lippen aufeinander.

Wird er mir noch mal etwas antun? Bitte Anna, komm schnell wieder heim! Ich brauche dich!

In Sekundenschnelle fährt mein Ex-Freund nach vorne. Ich versuche, ihn mit den Händen abzuwehren. Er packt mich am Hals. Ich rudere mit den Armen, strample mit den Beinen.

Ist das nun das Ende meines Lebens? Mama, Papa, Lina, Hilfe!

Ich höre mein eigenes Röcheln. Mein Sichtfeld wird unscharf und kleiner. Tim lacht laut, es klingt so schrecklich in meinen Ohren.

Ich habe keine Chance gegen ihn.

Meine Augen schließen sich, ich lasse es zu, kämpfe nicht mehr dagegen an. Ich habe das Gefühl, dass ich über mir schwebe. Bilder erscheinen vor meinem inneren Auge. Kindheitserlebnisse mit Lina. Ich höre auf, mich zu wehren, und erinnere mich zurück an bessere Zeiten. Meine Schwester und ich, wie wir schwimmen und Fahrradfahren lernten, der erste Liebeskummer. Schöne Momente mit Mama und Papa, Urlaub am Meer, das Feiern bestandener Prüfungen, Ausflüge. Ich habe Druck auf den Ohren, höre das Blut darin rauschen. Alle Geräusche wirken sehr weit entfernt.

Und mit einem Mal ist da nichts mehr.

Kein Gefühl mehr, aber auch keine Schmerzen. Ich höre nichts mehr, alles um mich herum ist schwarz.

Bin ich tot?

Mit einem Mal strömt wieder Luft in meine Lungen. Ich ziehe sie tief ein und atme wieder aus. Öffne dann meine Augenlider, doch es bleibt weiterhin finster um mich. Ich will um Hilfe schreien, doch mein Mund ist geknebelt.

Wo bin ich?

Es fühlt es sich an, als würde ich mich in einem engen, düsteren Kasten befinden. Mein Rücken ist gekrümmt und meine Beine angewinkelt, ich versuche sie zu bewegen. Dabei bemerke ich, dass sie mit Kabelbindern zusammengebunden wurden. Ich spüre um mich herum rauen Stoff. Plötzlich höre ich Türen zuschlagen und einen Motor starten. Musik kommt aus einem Radio. Es gibt keine Chance zu fliehen. Mein Herz klopft wild, ich kann zwar atmen, doch viel Sauerstoff ist es nicht, der in meine Lungen kommt. Keine Ahnung, wie lange ich damit auskomme.

Warum tut mir Tim das an?

Der Knebel im Mund schluckt meine Schreie.

Wohin bringt er mich?

Ich klopfe gegen den Boden des Gefängnisses, bis meine Fäuste schmerzen.

Schweiß tropft von meiner Stirn und rinnt mein Gesicht hinab. Ich spüre, wie der Wagen weiter fährt. Ich muss mich in einem Kofferraum befinden. Meine Zuversicht ist am Boden.

Wird Anna sein nächstes Opfer sein? Meine liebe Anna, mein Schwesterherz. Ich will sie warnen, doch wie?

Ich habe vor eine Weile damit aufgehört, an Gott glauben. Doch nun fange ich wieder an zu beten. Ich bitte um Vergebung.

Das Knallen der Autotüren schreckt mich auf.

Tim packt mich, zerrt mich an den Armen aus dem Kofferraum und wirft mich auf erdigen Boden. Ich schreie auf.

Tim beugt sich zu mir hinunter, ich ziehe den Kopf ein. Sein Atem streift mein Gesicht, er riecht nach frischem Zigarettenrauch. Früher fand ich das antörnend. Nun wird mir schlecht davon.

Er streicht mir ein paar Haarsträhnen aus dem Gesicht, zieht ein Teppichbodenmesser aus seiner Gesäßtasche, fährt die Klinge aus und stellt sie fest.

Nein, bitte nicht! Ich will noch nicht sterben!

Ich robbe zur Seite, will von ihm weg.

»Schsch …«

Mir ist kalt, obwohl die Sonne durch die Bäume auf mich scheint.

Tim zieht mich mit einer Hand zu sich heran und schwingt mit der anderen das Messer nach vorne.

Anna, hörst du mich? Ich will nicht sterben!

Eine ungeahnte Kraft macht sich in meinem Körper breit. Ich will ihm das Messer aus der Hand reißen, bevor er es mir in den Unterleib oder im schlimmsten Fall ins Herz rammen kann.

Kurz davor höre ich ihn lachen. Mit einem Mal lockern sich die Fesseln um meine Handgelenke und Füße. Ich lasse meine Hände wieder sinken und schaue ihn überrascht an.

7. Kapitel

Tim:

Einige Stunden später. Mitten in der Nacht.

Ich hatte die Menge des Chloroforms bei Lina und Anna nicht hoch genug dosiert.

Lina ist schon im Wagen wach geworden und Anna kurz bevor ich mit ihr die Hütte erreicht hatte.

Die beiden werden bald die Strafe erhalten, die sie verdient haben. Keiner liefert mich an die Polizei aus.

Draußen tobt ein Sturm und das Holz, aus dem die Hütte gebaut ist, knarrt bedrohlich. Wir befinden uns in der Jagdhütte meines Vaters. Der Wind pfeift durch die Ritzen. Nachts kühlt es doch sehr runter. Zum Glück hat mein Vater, nachdem er die Hütte einem Freund abgekauft hat, einen Kamin einbauen lassen. Er beheizt das gesamte Untergeschoss, in dem sich neben der Wohnküche zwei Schlafzimmer befinden. Im Obergeschoss, welches auch zugleich das Dachgeschoss ist, gibt es noch ein drittes Zimmer, indem ein Schreibtisch und eine kleine Couch stehen. Alles ist im Stil der 70er-Jahre. Als mein Vater mit meiner Mutter zusammenzog, haben hier seine alten Möbel ein neues zu Hause gefunden.

Vor gut zehn Minuten habe ich Holz gestapelt, ein Feuer entfacht und einen der Sessel nah vor den Kamin geschoben. Jetzt umhüllt mich eine wohlige Wärme und ich merke, wie auch meine Wangen anfangen zu glühen. In den Händen halte ich ein Glas, gefüllt mit Whiskey aus dem Wohnzimmerschrank.

Mein Bruder, Vater und ich haben hier öfter mal Männerabende verbracht. Doch das ist Jahre her. Seitdem die Kanzlei meines Vaters immer mehr schwarze Zahlen schrieb und die Klienten ihm und meinem Bruder fast die Bude einrennen, wurden diese Abende immer seltener, bis sie in Vergessenheit gerieten. Der Ruhm sei den beiden gegönnt, sie haben hart dafür gearbeitet. In ein paar Jahren rechnen sie fest damit, dass ich sie unterstütze. Scheitern ist keine Option.

Wann wird sich wohl die Prüfungskommission bei mir melden? Sie lassen mich ganz schön zappeln.

Ich starre in die lodernden Flammen, versinke in Erinnerung als Lina und ich noch ein Paar und glücklich waren.

Wann hat das aufgehört?

Mein Sichtfeld verschwimmt. Tränen sammeln sich in meinen Augen.

Ich liebe sie noch immer. Sie ist schuld, dass das alles so mit uns enden musste. Sie hat mich von sich weggestoßen. Auch wenn sie vor ihrer Schwester bestimmt was anderes behauptet.

Mein Gesicht sinkt in meine Hände. Müdigkeit überkommt mich. Die ganze Entführung war doch anstrengender, als ich es mir vorgestellt habe.

Weiter als bis zum jetzigen Punkt habe ich ehrlich gesagt noch nicht gedacht.

Ich habe keine Zeit für Sentimentalität. Doch mein Körper sagt mir etwas anderes. Meine Augen werden schwer. Ich versuche, mir die Erschöpfung mit den Händen aus meinem Gesicht zu wischen. Aber innerhalb von kürzester Zeit fange ich wieder an zu gähnen.

Die Wände der Hütte sind sehr hellhörig. In einem der Schlafzimmer höre ich die Mädchen tuscheln, ab und an weint Lina, Anna scheint sie mit Worten beruhigen zu wollen.

Diese innere Verbundenheit, ich werde sie nie verstehen. Aber als ich die Entführung plante, war mir klar, dass es dabei um beide gehen wird.

Lina, sei nicht traurig.

Empfinde ich Mitleid mit ihr?

Warum jetzt?

Annas Worte scheinen zu wirken, denn Linas Schluchzen ebbt ab.

Der Ohrensessel, indem ich sitze, hat ein schreckliches grau-grünes Blumenmuster. Aber er ist bequem. Seufzend lehne ich mich zurück. Nur einmal kurz die Augen schließen. Immerhin habe ich die Mädchen sitzend an die Pfosten eines Holzbettes gefesselt. Von dort sollten sie nicht entkommen können.

Ein lautes Klirren reißt mich aus meinem Schlaf. Ich schrecke hoch und springe aus dem Sessel.

Was war das?

Verwirrt schaue ich mich um. Zunächst muss ich mich orientieren. Gerade lag ich in meinem Traum noch mit Lina in meinem WG-Zimmer auf dem Bett und sie sagte mir, dass sie mich immer lieben würde und nichts uns trennen könnte.

Seufzend reibe ich mir den Schlaf aus den Augen.

Wie lange habe ich geschlafen?

Im Kamin glimmt nur noch die Glut. Somit ist wohl schon eine Weile vergangen.

Aus dem Schlafzimmer, in das ich die Mädchen gebracht habe, ist nichts zu hören. Ich verharre und lausche angestrengt.

Haben die beiden so einen festen Schlaf?

Ich runzle die Stirn.

Ich kann immer noch nicht einordnen, woher das laute Geräusch kam. Die Hütte liegt mitten im Wald. Wer sie nicht kennt, weiß nicht, dass es sie gibt. Somit ist es äußerst unwahrscheinlich, dass der Lärm von draußen kam.

Versuchen die Zwillinge zu türmen, bevor ich sie bestrafen kann?

Durch einen schmalen Spalt zwischen den Vorhängen kann ich durch das Glas eines Fensters sehen, wie die Sonne aufgeht. Es wird auf jeden Fall Zeit, nach den beiden zu schauen.

Ich gehe auf die Tür des Schlafzimmers zu.

Sie haben bestimmt Hunger und Durst. Und ihnen einen Toilettengang zu gewähren wäre bestimmt auch nicht verkehrt.

Warum habe ich immer wieder Mitleid mit den beiden? Sie wollten mich an die Bullen ausliefern!

Wenn ich aufgeregt bin, fange ich immer an zu schwitzen. Schweißperlen sammeln sich auch jetzt auf meiner Stirn.

Hinter mir im Wohnraum tickt die Wanduhr laut in die Stille hinein. Ich habe Rücken und Nackenschmerzen von der ungewohnten Schlafposition und bewege meine Schultern etwas.

Die Klinke schon in der Hand höre ich die Zwillinge wieder miteinander tuscheln.

Ich zögere, dann öffne ich die Tür.

»Jetzt!«, höre ich Anna rufen.

Bevor ich weiß, wie mir geschieht, trifft mich etwas Hartes am Kopf. Ich spüre einen dumpfen Schmerz an meiner Schläfe und stöhne auf. Scherben klirren. Mein Sichtfeld verschwimmt vor meinen Augen. Ich gehe zu Boden und halte mir mit beiden Händen den Kopf.

»Komm Lina!«, schreit Anna.

Doch Lina beugt sich über mich und streicht mir über die getroffene Stelle.

»Sollen wir ihn wirklich einfach hier liegen lassen? Lass uns wenigstens einen Krankenwagen rufen.«

Ich halte die Luft an.

Sie liebt mich immer noch.

»Lina, Lina! Bist du komplett verrückt geworden? Denk dran, was er dir angetan hat! Lass uns abhauen!«

Doch Lina hört nicht auf ihre Schwester. Sie kniet jetzt vor mir und streicht mir über die Wangen. Ihr schönes Gesicht ist verschwommen, doch ich erkenne, dass sie lächelt. Trotz der Kopfschmerzen lächle ich zurück.

»Nein, ich kann ihn hier nicht einfach alleine lassen«, widerspricht Lina ihrer Zwillingsschwester.

Ihre Stimme ist mit einem Mal hart geworden.

»Ich habe mit ihm noch etwas zu klären. Geh du schon mal vor.«

Anna schnaubt, doch sie widerspricht nichts mehr.

»Gut, wie du meinst. Wenn ich dich in einer Stunde nicht an unserem Elternhaus treffe, rufe ich die Polizei. Er darf nicht ungeschoren davonkommen!«, erwidert sie schroff.

Anna verschwindet aus dem Zimmer, kurz darauf höre ich, wie sie die Eingangstür der Hütte hinter sich schließt.

Ich versuche meine Benommenheit wegzublinzeln. Übelkeit steigt in mir auf.

Lina hingegen kniet noch immer vor mir. Ich spüre ihren Atem auf meiner Haut. Sie lächelt nicht mehr.

»Warum hast du das getan? Das alles, die Vergewaltigung, die Entführung?«

Lina schießt ihre Worte wie Pfeile ab.

»Was hattest du mit uns vor?«

»Lina ... Bitte ... Ich weiß es nicht. Können wir das Ganze ... nicht einfach vergessen?«, stottere ich.

Lina fängt an zu lachen, dabei sammeln sich Tränen in ihren Augen.

»Vergessen?«, zischt sie mich an und erhebt sich.

Auch ich richte mich vorsichtig auf. Für einen kurzen Moment dreht sich meine Umgebung. Ich schüttle den Kopf. So leicht lasse ich mich nicht ausschalten!

Lina starrt mich an. Ihre Lippen zittern, ihre Augen sind mit Tränen gefüllt.

Was habe ich nur getan?

»Lina, bitte. Baby, ich liebe dich! Verzeih mir.«

Mir ist noch immer schwindelig, dennoch gehe ich auf sie zu und greife nach ihrer Hand. Ich zittere dabei.

Wenn ich es nur wieder gut machen könnte …

Lina lässt meine Hand los, dreht sich von mir weg. Sie wirkt nachdenklich. Dann dreht sie sich wieder zu mir und sagt: »In Ordnung. Lass uns reden.«

8. Kapitel

Anna:

Im gleichen Augenblick. Vor der Hütte.

Ich lehne mich an die Tür der Holzhütte, atme tief durch. Meine Gedanken schwirren.

Soll ich Lina wirklich alleine mit ihrem gewalttätigen Ex-Freund zurücklassen?

Ist es nicht besser, auch gegen den Willen meiner Schwester hierzubleiben und ihr zu helfen, falls Tim wieder handgreiflich wird? Oder trete ich die Flucht an und rufe die Polizei, wenn sie nicht innerhalb einer Stunde am vereinbarten Treffpunkt ist?

Ein leichtes Donnergrollen lenkt mich ab. Ich schaue nach oben Richtung Himmel. Erst jetzt bemerke ich, dass ich keine Ahnung habe, wo ich bin.

Ich kann trotzdem versuchen, nach Hause zu finden. Dazu muss ich nur dem Weg folgen, den Tim mit dem Wagen gefahren ist. Aber wenn ich mich dann verlaufe, kann ich Lina nicht mehr helfen.

Ich bekomme Bauchschmerzen aus Angst, dass ich nicht die richtige Entscheidung treffe.

Ein Regentropfen trifft meine Nase, weitere folgen und treffen meinen Kopf und meine Arme. Ich entferne mich von der Tür. Zuerst gehe ich ein Stück nach rechts, dann nach links, immer an der Wand der Hütte entlang. Ich habe die Hoffnung, dass Tim das Badezimmerfenster offengelassen hat.

Auf allen vieren krabble ich an der linken Hausseite entlang. Ich will nicht, dass er mich durch die Scheibe entdeckt. Dann ziehe ich mich am Fenstersims hoch. Ich stöhne leise auf, als ich meinen Oberkörper hochwuchte. Mit den Händen taste ich mich vor. Direkt unter dem Fenster befindet sich die Badewanne. Ich lasse mich langsam in sie hineingleiten. Erleichtert atme ich auf.

Ich kann Lina und Tim miteinander sprechen hören, verstehe jedoch kaum etwas von dem, was sie sagen.

Weint Tim?

Lina lacht auf einmal hysterisch auf.

Das veranlasst mich, aus der Badewanne zu stiegen und langsam zur Tür zu tapsen. Ich presse mein Ohr gegen das Holz und schließe die Augen, um mich besser konzentrieren zu können.

»Bitte Lina, ich habe das alles nicht gewollt«, versucht Tim, Lina zu beschwichtigen.

Seine Stimme ist dünn und ungewohnt hoch.

»Lass es uns noch mal versuchen. Das ist alles doof gelaufen, vielleicht sollten wir …«, er bricht mitten im Satz ab.

»Okay …«, sagt sie sanft.

»Oh Lina, ich bin so froh, dass du das sagst. Ich verspreche, dass ich dir nie wieder wehtun werde«, höre ich Tim sagen.

»Nie wieder?«, fragt Lina.

»Nein, nie wieder«, antwortet Tim.

»Stimmt. Dafür werde ich sorgen!«, Linas Stimme ist laut geworden.

»Wie ... Was? Lina, nicht!«, ruft er überrascht.

Ich höre etwas poltern.

Tim brüllt. Zeitgleich erfolgt ein spitzer Schrei meiner Zwillingsschwester. Ich kann nicht mehr an mich halten und stoße die Badezimmertür auf.

Lina sitzt auf Tim, er liegt mit dem Gesicht voran auf dem Boden. Ich bin verwirrt über den Anblick, der sich mir bietet.

»Lina!«, stoße ich hervor.

Der Kopf meiner Schwester fährt zu mir herum. Tim versucht, meine Schwester von sich herunterzuschieben, doch sie scheint auf einmal eine enorme Kraft in sich zu haben und wehrt seine Hände immer wieder ab. Er hat keine Chance, sich zu befreien.

»Hilf mir!«, schreit Lina mir zu.

Ich zögere nicht und eile zu ihr. Gemeinsam drücken wir Tims Arme an seinen Körper.

»Ich habe es mir anders überlegt. Ich will nicht, dass er mich noch mal schlägt oder uns hier weiter gefangen hält«, keucht Lina.

»Was sollen wir mit ihm tun?«, stoße ich hervor.

Meiner Schwester treten Tränen in die Augen.

»Ich weiß es nicht«, wimmert sie.

Tim stöhnt auf. Sein Gesicht ist weiter auf den Boden gedrückt, er bekommt vermutlich schlecht Luft.

Recht so, soll er doch merken, wie es ist, wenn jemand anderes einen unter Kontrolle hat.

Ich schaue mich im Raum um, ob er noch von den Seilen, mit denen er uns vor ein paar Stunden gefesselt hat, herumliegen hat. Lina scheint den gleichen Gedanken zu haben, denn auch ihr Blick schweift durch den Raum.

»Da, auf dem Wohnzimmertisch!«, ruft sie.

Ich nicke ihr zu und stehe auf. Sie hält ihn weiter fest. Sie verstärkt sogar noch den Druck, bis Tim nur noch gurgelnde Geräusche von sich gibt. Währenddessen sprinte ich zum Tisch und schnappe nach dem Seil.

»Wir müssen ihn umdrehen«, wispere ich meiner Schwester zu, nachdem ich wieder bei ihr bin.

»Aber dann hat er für einen kurzen Moment die Arme frei!«, flüstert Lina zurück.

»Willst du, dass er hier direkt erstickt oder möchtest du noch richtig mit ihm abrechnen?«

Lina bekommt große Augen.

»Ich dachte, wir übergeben ihn der Polizei!«

»Hast du vergessen, was er dir angetan hat? Sein Vater und sein Bruder werden dafür sorgen, dass er nicht im Gefängnis landet. Sie sind die besten Anwälte der Stadt«, erkläre ich trocken.

Lina starrt mich an, dann Tim. Die Geräusche, die er von sich gibt, werden leiser. Noch ein paar Minuten, dann wird er vielleicht …

»Ok«, sagt meine Schwester.

Wir lösen unsere Hände, schieben seine Arme zur Seite, greifen um ihn herum und drehen ihn um. Sein Gesicht ist leichenblass. Das Stöhnen und Gurgeln hat aufgehört. Seine Pupillen sind starr. Seine Glieder liegen schlaff neben seinem Körper.

»Ist er …«, piepst Lina.

Wir beide wagen es nicht, uns zu rühren.

»… tot meinst du?«

Ich habe so was noch nie gesagt, geschweige denn je einen Toten vor mir liegen gehabt. Ich beuge mich zu ihm. Wenn ich seinen Atem nicht an meiner Wange spüre …

Ich bin nur noch wenige Zentimeter von seinem Mund entfernt, als Lina sich eine Hand vor den Mund hält, um nicht loszuschreien.

Hofft sie, dass er tot ist?

Ich schließe die Augen, versuche, den Moment der Wahrheit noch ein wenig hinauszuzögern.

Tim blinzelt. Sein Oberkörper schnellt nach oben, er starrt mich an, will etwas sagen, wird jedoch von Husten geschüttelt. Dann erbricht er sich in meinen Schoß.

9. Kapitel

Lina:

Kurze Zeit später. Kurz vor Sonnenaufgang.

Anna und ich haben Tim gemeinsam ans Bett gefesselt. Sein Kopf ist zur Seite gefallen, er ist bewusstlos. Dabei sieht er so friedlich aus, als könnte er niemandem ein Haar krümmen.

Was sollen wir jetzt mit ihm machen? Will ich wirklich Vergeltung üben?

Ich stehe erst vor ihm, dann knie ich mich hin. Meine Finger zittern, als ich die Hand ausstrecke, um seine Wange zu streicheln. Mein Herz sehnt sich trotz allem danach, Tims Haut zu berühren, ihn zu spüren.

Mein Blick wird glasig. Ich sehe verschwommen.

Scheiße, warum kann ich ihn nicht hassen!

Ich schlucke die Tränen hinunter. Es ist nicht der richtige Zeitpunkt, nun ist ein klarer Kopf gefragt.

Anna erscheint mir auf einmal so anders. Hat sie wirklich vor, mit Tim abzurechnen? Ist sie dazu in der Lage?

Ich schlucke, stehe dann langsam wieder auf. Meine Beine fühlen sich an wie Pudding. Wann habe ich das letzte Mal etwas gegessen? Ich kann mich nicht erinnern.

Rieche ich da Essen?

Ich runzle die Stirn. Schließe kurz die Augen und schnuppere abermals. Mhm … Ravioli. Mein Magen macht sich nun mit einem lauten Knurren bemerkbar.

Das Baby hat bestimmt auch Appetit. Laut meinen Berechnungen müsste ich im dritten Monat sein. Für eine Abtreibung ist es somit zu spät, aber das war für mich auch nie eine Option. Egal, unter welchen Umständen das Kind gezeugt wurde, ich wollte es von Anfang an behalten. Ich habe mir schon immer Kinder gewünscht.

Noch spüre ich es nicht, aber die Ärztin hat gesagt, es wird nicht mehr lange dauern, bis ich die Bewegungen wahrnehmen kann.

Gerade als ich Tim den Rücken zugedreht habe, höre ich ihn stöhnen. Mitten in der Bewegung halte ich inne.

»Lina …«, krächzt er.

Ich drehe mich zu ihm um, beobachte, wie er die Augen öffnet und langsam den Kopf hebt. Es erscheint mir wie eine Ewigkeit.

Haben wir die Fesseln fest genug gezogen?

Nervös kaue ich am Fingernagel meines rechten Daumens.

Anna ruft nach mir.

Meine linke Hand legt sich nun wieder schützend auf meinem Bauch.

Wird es ein Junge oder ein Mädchen? Wem wird es mehr ähnlichsehen? Tim oder mir?

Ich weiß jetzt schon, dass ich es vor ihm beschützen muss.

Mir wird schwindelig bei dem Gedankendurcheinander in meinem Kopf. Wir gerne würde ich doch einfach nur alles vergessen.

Was wäre, wenn ich Tim nie kennengelernt hätte?

Dann müssten wir nun nicht entscheiden, was wir mit ihm machen wollen.

Mit dem Vater meines Babys. Welche Rechte wird er mithilfe seiner Familie durchsetzen können?

Ich schlucke schwer. Seine Familie hat einen exzellenten Ruf und wie Tim mir einmal erzählt hat, haben sie noch nie einen Fall verloren.

»Baby …«, durchbricht seine Stimme meine Gedanken.

Ich zucke zusammen.

»Bitte geh nicht …«, fleht er mich leise an.

Ich drehe mich um, falle vor ihm auf die Knie. Anna hatte vorgeschlagen, ihn zu knebeln, doch ich meinte, dass das nicht nötig sei. Seine Hände haben wir ja hinter seinem Rücken am Bettrahmen festgebunden. Ich war der Überzeugung, dass das ausreichen würde.

Baby … Irgendwann muss ich es ihm sagen. Wie wird er reagieren? Wird er mir mein Baby wegnehmen? Oder mich wieder schlagen oder gar dem Baby wehtun?

Seine Augen … Dieser Blick … Da steckt so viel Liebe drin. Ich sehe es, spüre es. Für einen Moment tauche ich in seinen Augen ab und glaube daran, dass es doch noch ein Happy End geben kann.

Bleierne Müdigkeit macht sich in meinem Körper breit.

Was, wenn er das alles wirklich nicht so gemeint hat? Vielleicht wird er sich ja doch gut um mich und das Baby kümmern. Ich muss es ihm sagen.

»Tim …«

Nun streiche ich über seine Wange, so wie er es oft bei mir getan hat. Er schließt kurz die Augen. Als er sie wieder öffnet, schimmern Tränen darin. Er lächelt mich an. Ich beschließe, es ihm zu sagen.

»Wir bekommen ein Kind«, flüstere ich.

»Oh, wie schön«, haucht er und gibt mir einen Kuss auf die Nasenspitze.

Erleichtert atme ich auf.

Er freut sich!

»Beug dich mal etwas weiter zu mir runter«, flüstert er.

Ich tue, wie er mir geheißen hat. Sein Blick ist i – mer noch liebevoll. Er neigt sich, soweit die Fesseln es zulassen, zu mir und wir versinken in einem innigen Kuss.

Oh, er liebt mich und freut sich auf das Baby! Bestimmt wollte er mir nie wehtun.

Ich atme erleichtert aus. Alles scheint gut. Doch dann fährt fast zeitgleich seine Hand nach vorne. Sie ist zur Faust geballt. Mit voller Kraft schlägt er mir in den Unterleib. Seine Augen funkeln mich an, jegliche Liebe ist aus seinem Blick verschwunden, so als wäre sie nie da gewesen. Er starrt ins Leere. Seine Tränen sind versiegt. In seinem ganzen Gesicht kann ich keine Emotion mehr erkennen.

Mir bleibt die Luft weg. Ich kippe seitlich auf den Holzboden. Vor Schmerzen krümme ich mich zusammen.

Nein! Tim, warum hast du das getan? Unser Baby, mein Baby, ich will es nicht verlieren! Warum hast du das getan?

Tim steht auf, die Seile fallen wie leblose Schlangen an ihm herab. Ohne, dass ich oder meine Schwester es mitbekommen haben, muss er die Knoten gelöst haben. Dieser Idiot!

Ich will Anna um Hilfe rufen, doch mein Mund klappt auf und zu wie bei einem Fisch, ohne dass dabei irgendein Ton heraus kommt. Tim steigt kommentarlos über mich hinweg und verlässt den Raum. Ich bleibe am Boden liegen. Der Schmerz macht mir das Aufstehen unmöglich.

Ich strecke meinen Arm Richtung Tür. Doch es ist zwecklos. Ich kann Anna nicht warnen.

Ein paar Minuten später höre ich, wie Geschirr auf den Boden fällt und zerbricht. Dann schreit meine Zwillingsschwester auf. Draußen ruft ein Käuzchen nach seiner Mutter.

Anna, bitte sag doch was! Ich will dich nicht auch noch verlieren!

Tränen laufen mir über die Wangen. Dann verliere ich das Bewusstsein.

10. Kapitel

Tim:

Eine Stunde später.

Ich stehe unter der Dusche, habe die Augen fest zusammengepresst. Das Wasser prasselt auf mich herunter.

Draußen ist das Gewitter im vollen Gange. Ich höre das Donnern.

Was habe ich getan?

Ich senke den Kopf und öffne wieder meine Augen.

Wird mich mein Vater auch aus dieser Sache komplett rausboxen können?

Es wäre nicht das erste Mal, dass ich etwas wirklich Schlimmes verbrochen habe ...

Ich hebe meine Hände, sie zittern heftig.

Es passiert schon wieder. Warum holt mich die Vergangenheit immer wieder ein? Warum habe ich die Medikamente abgesetzt? Ich hatte gehofft, die Tabletten nicht mehr zu brauchen. Ich habe geglaubt, dass es mir gut geht. Doch ich habe mich getäuscht.

Von meinem Drang zu töten wusste zunächst niemand. Nicht einmal mein Vater oder mein Bruder. Ich redete nicht darüber. Es war lange mein Geheimnis.

Tina war meine Erste. Ich war mit ihr zusammen im Urlaub. Wir waren wandern. Bei einer Tour ist sie von einer Klippe gestürzt. Laut Gutachten war es ein Unfall. Mein Vater agierte als mein Anwalt. Für ihn und am Ende auch für den Richter war es vollkommen klar, dass mich keine Schuld trifft. Dass wir zuvor einen heftigen Streit hatten ... davon erzählte ich natürlich nichts.

Ich weinte in dieser Zeit viel aus Verzweiflung und Scham. Da es auch nach Wochen nicht besser wurde, schickte mein Vater mich zu einem Psychotherapeuten. Dieser stellte fest, dass ich depressiv war. Von dem Mord erzählte ich ihm nichts. Warum auch? Es war ja ein Unfall und ich ging davon aus, dass es nicht wieder geschehen würde. Die Tabletten machten mich müde und ich schlief viel.

Eine ganze Weile ging es gut. Ich hatte mich unter Kontrolle. Doch dann lernte ich ein weiteres Mädchen kennen und verliebte mich. Die ersten Wochen führten wir eine wundervolle Beziehung. Ich nahm an, dass wir bald heiraten würden, doch dann offenbarte mir das Dreckstück, dass sie fort, in eine andere Stadt, ziehen wollte.

Fast wäre mir die Hand ausgerutscht. Aber ich wusste, dass ich mit Schlägen nicht an mein Ziel kommen würde, deshalb wählte ich einen anderen Weg. Ich tat, als würde ich mich für sie freuen und bestätigte ihr, dass ich in ihr auch nicht die Frau fürs Leben sah, sondern ebenfalls auf eine Affäre ausgewesen wäre. Als krönenden Abschluss bot ich ihr an, mit ihr zusammen ein Wochenende in der Jagdhütte *meines Vaters zu verbringen. Sie stimmte zu. In der ersten Nacht hatten wir viel Sex. Und in der zweiten Nacht brachte ich sie um.*

Im Nachgang hatte ich ein schlechtes Gewissen, aber sind wir mal ehrlich: Sie hatte es darauf angelegt. Mich verlässt man nicht einfach so. Meine Gefühle sind kein Spielzeug. Das musste sie lernen.

Bei der Beseitigung der Leiche half mir mein Vater. Wir haben sie im angrenzenden See versenkt. Mein Vater stellte keine Fragen. Ich bin schon immer das Sorgenkind der Familie. Ich bin schon immer anders. Mein Vater musste mich schon oft aus dem Dreck ziehen.

Meine damalige Freundin wurde als vermisst gemeldet. Da niemand wusste, wo sie sich vor ihrem Verschwinden aufgehalten hat, fiel kein Verdacht auf mich. Und selbst wenn man mich verdächtigt hätte, mein Vater hätte mir die Polizei vom Hals gehalten. Manchmal hat es doch Vorteile, in einer Anwaltsfamilie aufzuwachsen. Das Einzige, was ich meinen Vater versprechen musste, war, dass ich ab sofort noch mehr Tabletten nahm. Das neue Medikament sollte meine Mordgedanken unterdrücken. Das tat es auch. Bis ich Lina kennenlernte. Dann setzte ich die Tabletten ab.

Die Pflichtstunden meiner Therapie waren schon lange vorbei. Ich war am Ende nur noch hingegangen, weil ich es meinem Vater versprochen hatte.

Mit einem Mal stoppt der Wasserstrahl, als ob ihn jemand abrupt abgestellt hätte. Ich wische mir die nassen Haare aus dem Gesicht. Horche in die Hütte. Drinnen ist es still, draußen tobt weiterhin das Gewitter.

Es würde mich auch wundern, wenn die beiden noch einen Mucks von sich geben würden.

Trotzdem schiebe ich langsam den Duschvorhang zur Seite und steige aus der Wanne. Auf dem WC habe ich ein Handtuch abgelegt. Es trägt die Initialen meines Vaters. Fröstelnd werfe ich das Handtuch über meine Schultern und trockne mich flüchtig damit ab. Dann binde ich es mir um die Hüften. Ich möchte erst nachsehen, was das Geräusch verursacht hat, bevor ich mich anziehe.

Ein Klappern dringt an mein Ohr, als ich das Bad verlasse.

Was ist das?

Mein Herz klopft mir bis zum Hals.

Das Klappern wird lauter und eindringlicher. Kurz darauf höre ich etwas Metallenes zu Boden fallen. Ich schaue mich nach etwas um, mit dem ich mich im Ernstfall mit könnte. Das Einzige, was mir im Flur ins Auge fällt, ist ein alter Regenschirm meines Großvaters, von dem sich mein Vater nie trennen konnte.

Egal, Hauptsache, ich kann mich damit verteidigen.

Da! Das Klappern ertönt erneut. Ich erhöhe mein Tempo und stürze in die Küche.

Wie jetzt, wirklich?

Erstaunt kratze ich mich am Kopf. Auf dem Herd sitzt ein Fuchs und frisst die Reste, die von den Nudeln mit Tomatensoße übrig geblieben sind, auf. Ich stutze kurz, gehe dann aber weiter vorwärts. Zerbrochene Teller und Essensreste liegen auf dem Boden. Verschmierte Tomatensoße, dazwischen Ravioli. Der Fuchs schlingt, zwischendurch schmatzt er dabei. Nun stehe ich wenige Zentimeter hinter ihm. Hier habe ich auch Anna überrascht und überwältigt. Danach habe ich sie in den Flur gezogen. Gleich werde ich ihren leblosen Körper erneut bewundern können. Ob die große Blutlache noch einmal gewachsen ist?

Ich grinse. Ich fühle mich gut. Jetzt werde ich gleich bei ihr ankommen. Ich ziehe Luft zwischen den Zähnen ein, blinzle. Dann erstarre ich in der Bewegung.

Wo ist sie? Verdammt, das kann doch nicht sein!

»Verdammte Scheiße!«, rufe ich.

Sie ist weg. Wie konnte sie mit dieser großen Wunde am Kopf aufstehen? Ich war mir sicher, dass sie tot ist.

Der Fuchs hat mich gehört. Seine Schlitzaugen funkeln mich an. Dann faucht er. Er gibt seinem Jagdinstinkt nach. Er knurrt und stürzt sich dann auf mich. Das Tier schnappt nach mir, seine Pfoten schlagen nach vorne, zerkratzen mein Gesicht. Erst bin ich erstarrt, doch dann fällt mir die Waffe in meiner Hand ein. Mit dem Regenschirm schlage ich nach ihm.

Die Haustür fällt ins Schloss. Der Fuchs ist von meiner Gegenwehr zu überrascht, um sich zu wehren. Winselnd bricht er auf mir zusammen, zuckt noch ein paar Mal. Dann gibt er keinen Mucks mehr von sich.

Ich stöhne auf und schiebe das tote Tier von mir.

Das Handtuch ist von Blut getränkt. Ich habe ihm die Spitze des Regenschirms in die Brust gestoßen. Mitten ins Herz. Der Schirm, welcher zusammen geklappt war, ist nun ganz verbogen.

Verzeih mir Großvater.

Ich raffe mich auf, schmeiße meine Waffe zur Seite. Das blutgetränkte Handtuch ziehe ich von mir und lasse es achtlos auf den Boden gleiten.

Ich schüttle den Schock vom unerwarteten Kampf von mir. Mein nasses Haar streiche ich mit den Händen nach hinten, vergesse, dass auch daran Blut klebt.

Ist Lina auch noch am Leben? Hat sie gerade die Hütte verlassen oder beide Zwillinge zusammen?

Ich muss mich davon überzeugen, was mit Lina ist. Und auch mit Anna. Langsam laufe ich in das Schlafzimmer, indem ich ihre vermeintlichen Leichen zurückgelassen habe. Bei Lina war ich mir unsicher, ob sie wirklich tot war. Sie hatte zwar ebenfalls einiges an Blut verloren und als ich mich zu ihr herunterbeugte, um zu sehen, ob sie noch atmete, war keine Atmung erkennbar, doch ich bin skeptisch. Ich traue ihr nicht. Sie hatte mich schon oft hinters Licht geführt. Es hätte mich nicht gewundert, wenn sie bloß die Luft angehalten hatte. Deshalb entschied ich mich dazu, sie sicherheitshalber, falls sie wirklich noch nicht ganz tot war, ans Bett zu binden. Das war sicherer. Zumindest nahm ich das an.

»Scheiße, Scheiße, Scheiße!«, entfährt es mir, als ich schon vom Eingang der Zimmertür die zweite verlassene Blutlache entdecke. Rote Spuren führen von ihr weg bis zur Haustür. Mir ist klar, dass die Mädchen Rache an mir üben werden. Noch mal würden sie mich nicht einfach so davonkommen lassen – aber ich sie auch nicht!

Ein Hobby meines Vaters ist das Jagen. Im Waffenschrank bewahrt er seine Gewehre auf. Ich weiß, wo der Schlüssel ist. Doch bevor ich mir eine Waffe hole, wird mir bewusst, dass ich noch nackt bin. Ich stürze ins Bad, wo ich mich meiner Klamotten entledigt habe. Frische habe ich in meiner Tasche in einem Schrank, doch der Weg erscheint mir zu weit, die Zeit zu knapp, also ziehe ich mir die verschwitzten Sachen abermals über.

Dann hechte ich zum Waffenschrank. Jede Sekunde zählt, ich will nicht, dass der Vorsprung der Zwillinge zu groß wird. Zum Glück habe ich eine gute Kondition.

Im Flur hängt eine Daunenjacke meines Vaters und eine alte Pudelmütze. Ich streife beides über und schlüpfe in meine Winterstiefel, welche ich am Eingang ausgezogen hab.

Ordnung ist das halbe Leben, meinte mein Vater immer.

Das Gewehr, das ich gewählt habe, hat einen Gurt. Diesen lege ich mir über meine Schulter. Nun bin ich bereit.

Ich kriege euch!

»Lina! Anna!«, brülle ich, als ich das Haus verlasse.

»Ihr verdammten Miststücke! Diesmal mach ich euch richtig kalt!«

Dann beginne ich zu rennen. Der Waldboden ist matschig und schmatzt, während ich über ihn renne.

Wo auch immer sie sind, ich werde sie finden!

11. Kapitel

Anna:

Im Elternhaus.

»Lina, Anna! Diesmal mach ich euch richtig kalt!«

Tims bedrohliche Worte klingen in meinen Ohren nach. Die Betonung seiner Worte ließen keinen Zweifel, dass er es ernst meinte.

Ich kauere mich neben meiner Schwester. Das Auto unserer Mutter ist nicht da, sie wird einkaufen sein. Eine Nachbarin hilft ihr seit geraumer Zeit dabei und im Anschluss gehen sie meist noch einen Kaffee trinken. Es wird also eine Weile dauern, bis sie wiederkommt.

Die Schmerzen durch den Schlag in Linas Unterleib waren zum Glück nach einer Weile abgeklungen und sie konnte wieder normal atmen. Inzwischen hat sie mir erzählt, dass sie schwanger ist. Und ich weiß auch, wer der Vater ist.

Tim war im Bad duschen, als sie zu Bewusstsein kam. Ich war auch wach, aber zu schwach, um mich zu befreien. Ich konnte nur stöhnen. Meine Schwester hat mich gehört und kam zu mir geeilt.

Tim muss mir wohl einen Regenschirm über den Kopf gezogen haben und hat mich damit kurzzeitig ausgeknockt. Danach hat er mich ans Bett gebunden. Lina hat mich befreit. Wir nutzten den Moment und verließen die Hütte. Da wir beide stark angeschlagen waren, stützen wir uns gegenseitig. Wir brauchten eine Weile für den Weg, aber langsam erholten wir uns und erreichten nach einer gewissen Zeit das Haus, in dem wir aufgewachsen waren.

Jetzt sitzen wir auf der Couch unserer Eltern und warten. Hier fühlen wir uns sicher.

Lina streicht mir mit einer Hand beruhigend über mein zerzaustes Haar. Ihr Blick wirkt erstaunlich klar. Mein Kopf dröhnt noch etwas von dem Schlag, den Tim mir verpasst hat.

»Was sollen wir jetzt tun?«, flüstere ich.

»Pssst, lass mich nachdenken, Anna«, zischt meine Schwester.

Mir klopft das Herz bis zum Hals. Ich raffe mich auf. Ich kann nicht nutzlos hier rumliegen, ohne etwas zu tun.

Lina hält meinem Blick stand. Dann heben sich ihre Mundwinkel zu einem halben Lächeln. Sie scheint meine Gedanken zu erraten.

»Dem Baby geht es gut, ich spüre es.«

Ich runzle die Stirn.

Wie weit ist sie eigentlich? Ist das dafür nicht eigentlich noch zu früh?

Ich schaue auf ihren Bauch. Noch ist keine Wölbung zu erkennen. Ich kenne mich mit Schwangerschaften auch nicht aus, warum auch. Ich will keine Kinder. Ich räuspere mich und will aufstehen. Doch während ich mich auf meine Beine kämpfe, muss ich vor Schmerzen stöhnen.

»Wir haben nicht mehr viel Zeit zu überlegen, wie es weiter gehen soll.«

Meine Stimme zittert, nimmt jedoch an Lautstärke zu.

Lina steht auch auf und packt mich fest an den Schultern. »Er wird bald hier sein.« Ihre Stimme klingt mit einem Mal so fremd.

»Ist das dein Ernst?«, meine Stimme schwankt, wird piepsig, während ich versuche, mich aus ihrem Griff zu winden.

Ich dachte bisher, dass Tim nicht wüsste, wo unser Elternhaus ist. Deshalb nahm ich an, dass wir hier sicher wären.

Lina nickt, hält mich weiter fest.

»Ich hole mir oben ein paar von Mamas Schmerztabletten. Mein Magen schmerzt noch von seinem Schlag. Brauchst du auch welche? Dann haben wir gleich mehr Kraft, um uns gegen ihn zu wehren.«

Bevor ich etwas erwidern kann, sprintet sie schon die Treppe zum Schlafzimmer meiner Mutter nach oben.

»Lina, ich will das nicht tun! Ich schaff das nicht!«, rufe ich ihr nach.

Doch sie reagiert nicht. Stattdessen höre ich sie oben Schranktüren öffnen und wieder schließen.

Verzweifelt schlage ich die Hände vors Gesicht. Meine aufkommenden Tränen schlucke ich jedoch hinunter.

Ich kann sie nicht alleine lassen. Eine für die andere. Wir können nicht ohne einander.

Meine Schwester unterbricht meine Gedanken, indem sie zurück ins Wohnzimmer kommt. Sie hält mir eine Packung mit Tabletten hin.

»Und … Wenn… Wir… verlieren?"

Sonst haben wir uns immer gegenseitig getröstet, wenn es einer von uns schlecht ging oder Ängste zu überwinden waren. Doch diesmal lacht Lina nur verächtlich auf.

»Wir werden gewinnen! Ich glaube fest daran!«

Ich atme tief durch, wische mir übers Gesicht.

Sie will mir Mut machen. Gerade ist sie die Stärkere. Wenn Lina dran glaubt, glaube ich es auch!

»Woher weiß er denn, dass wir hier sind?«

»Ich habe ihm eben von oben eine Textnachricht geschickt«, antwortet meine Schwester, ihr Blick ist fest.

»Okay. Dann warten wir nun. Hast du auch Hunger?«, frage ich sie.

Lina lächelt mich an.

»Nicht nur ich«, sagt sie und geht Richtung Küche.

Nachdem wir uns mit einer Brotzeit gestärkt haben, gehen wir wieder ins Wohnzimmer.

Lina lächelt mich sacht an. Ich ringe mir ebenfalls ein Lächeln ab.

»Zusammen sind wir stark.« Meine Stimme klingt nicht so überzeugt, wie ich es gerne hätte. Wir setzen uns auf die Couch und halten uns in den Armen. Wir sagen eine Weile kein Wort.

»Wenn es ein Mädchen wird, nenne ich sie Emma.«

»Das ist ein schöner Name. Bis dahin ist dann auch all das hier vorbei.«

»Ja genau, bis dahin ist alles gut. Da bin ich mir auch sicher.«

»Wann er wohl hier sein wird?«

»Keine Ahnung Anna, ich hoffe nur, dass er vor Mama kommt«, sagt Lina mit einem Mal und schaut mich leicht verunsichert an.

»Das hoffe ich auch«, stimme ich ihr zu.

Wir haben vorhin zum Lüften die Terrassentür geöffnet. Die Vögel aus dem Garten zwitschern freudig. Wir beobachten, wie zwei Amseln über die Wiese hüpfen.

Dann hören wir, wie das Gartentörchen geöffnet wird. Wir lösen uns aus unserer Umarmung und schauen erst uns an und dann zum Garten.

Raschen Schrittes durchquert Tim den Garten und kommt auf uns zu.

»Ihr beide seid echt zäh, das hätte ich nicht gedacht.«

Aus Tims Stimme spricht fast so etwas wie Bewunderung.

In einer Hand hält er ein Jagdgewehr.

Wird er es benutzen?

Er will gerade ins Haus kommen, da springe ich auf ihn zu und schubse ihn um. Überrascht liegt Tim nun auf dem Terrassenboden. Fest drücke ich meinen Schuh auf seinen Hals. Daraufhin lässt er die Waffe los. Lina kickt sie mit einem Fuß ein paar Meter von ihm weg, damit er sie nicht mehr erreichen kann. Allerguten Dinge sind zwei.

Wir sind ein Team, Lina und ich, noch mehr als je zuvor.

12. Kapitel

Tim:

Eine halbe Stunde später. Im Elternhaus.

Ich ringe nach Luft, huste, kneife meine Augen zusammen, wische mir übers Gesicht.

Meine Lunge rasselt. Anna hat den Fuß von meinem Hals genommen. Es waren nur wenige Minuten, aber es hat gereicht, damit ich kurz bewusstlos wurde.

Es war mir klar, dass sie den Plan haben wird, mich umzubringen. Lina liebt mich. Auch wenn sie es nicht zugeben will, bringt sie es bestimmt nicht übers Herz, mir Schaden zuzufügen. Außerdem trägt sie unser Kind unter dem Herzen.

Langsam hebe ich meinen Oberkörper, damit ich besser atmen kann. Mich hält niemand mehr fest.

Wo sind die beiden?

Suchend schaue ich mich im Raum nach den Zwillingen um. Dann sehe ich beide in der Wohnzimmertür stehen. Lina hat das Gewehr angelegt und zielt auf mich. Anna steht neben ihr und scheint ihr Mut zuzusprechen.

Ich nicke, schließe, die Augen und atme noch einmal tief ein und aus.

Dann soll es so sein. Ich schließe die Augen und bin bereit, zu sterben. Besser sie töten mich, bevor ich wieder zum Mörder werde. Vom Jäger zum Gejagten. Nun ist es vorbei.

»Ok, ich bin bereit. Macht es kurz.«

Lina schluchzt wieder auf. Doch es gibt keinen anderen Ausweg. Ich halte weiter die Augen geschlossen und warte auf den erlösenden Schuss aus der Flinte meines Vaters.

Hoffentlich geht es schnell.

»Ziel direkt auf mein Herz, Lina.«

»Du bist also bereit?«, Anna lacht verächtlich auf.

In ihrer Stimme ist Hass. Ich habe beiden, viel Leid angetan.

»Wir sind es auch«, antwortet Anna für sich und Lina.

Ich schaue Lina an, ihre Augen sind glasig, doch ihr Mund ist vor Wut zusammengepresst.

Unser Baby. Es hat einen besseren Vater verdient als mich.

Ich hole noch einmal tief Luft und rechne damit, dass es mein letzter Atemzug sein wird.

Dann klickt es. Ich presse die Augen zusammen und krümme mich zusammen. Doch ich höre keinen Schuss.

Lina hat vergessen zu laden. Ich höre Anna fluchen. Dann höre ich, wie die Waffe fallen gelassen wird, danach kommen Schritte auf mich zu. Ich ducke mich.

13. Kapitel

Lina:

Zeitgleich.

Meine Hände zittern, ich lasse die Waffe zu Boden sinken. Ich schaffe es einfach nicht.

Tim lacht laut auf. Meine Schwester flucht.

Langsam kommt Tim auf uns beide zu. Er glaubt nun wieder am Zug zu sein. Kurz vor uns bleibt er stehen und dreht sich leicht zu mir um.

»Lina, meine einzig wahre Liebe. Ich wusste, dass du es nicht übers Herz bringen wirst mich umzubringen. Wir sind füreinander bestimmt«, sagt er. Dabei streckt er die Hand nach meinem Gesicht aus.

Im Augenwinkel bemerke ich, wie Anna sich von uns entfernt. Tim scheint es nicht aufzufallen. Er beginnt weiter mit mir zu reden.

»Meine Schöne«, sagt er und streicht mir dabei ein paar wirre Strähnen aus dem Gesicht. »Lass uns das Ganze hinter uns lassen und einen Neuanfang wagen. Du und ich, also wir und bald das Baby.«

Seine Stimme ist ruhig und sanft. Ich schaue ihm in die Augen, seufze. Mein Verstand und Herz kämpfen miteinander. Ich lege eine Hand auf meinen Bauch.

Tim lächelt mich an, beugt sich leicht nach vorne, will mich küssen. Ich schließe die Augen. Im Hintergrund höre ich Schritte, die in die Küche gehen. Eine Schublade wird geöffnet und wieder geschlossen.

»Tim ...«, sage ich leise.

Ich darf das nicht zulassen. Er wird sich nicht ändern.

»Oh Lina«, flüstert Tim.

Seine Lippen sind kurz davor, meine zu berühren. Es sind seine letzten Worte. Meine Schwester hat sich von hinten an ihn herangeschlichen und ein Messer aus der Küche, so vermute ich, in den Rücken gerammt. Er stöhnt auf, würgt. Ich reiße die Augen auf, bevor er auf mich fällt. Er kann sich nicht mehr alleine halten, verliert das Gleichgewicht und sinkt zu Boden.

Ich starre auf Tim. Lina kniet sich nieder, starrt dabei aber ins Leere.

Sie hat es wirklich getan. Meine Schwester hat meinen Ex-Freund umgebracht. Für mich. Und mein ungeborenes Baby.

Mir wird übel. Ich renne aus dem Raum und schaffe es gerade noch bis zum Gäste WC, welches sich im Flur befindet. Ich übergebe mich so lange, bis nur noch Galle kommt. Erschöpft wische ich mir ein paar Haare aus dem Gesicht und lasse mich für einen Moment vor der Toilette auf dem Boden nieder.

Epilog

Anna:

Zehn Tage später.

Lina und ich sitzen in ihrer Wohnung am Küchentisch. Wir haben uns zum Frühstücken verabredet. Ich habe frische Brötchen vom Bäcker mitgebracht. Der Duft der Backwaren vermischt sich mit dem des aufgebrühten Kaffees.

Kurz darauf bestreiche ich mir eine Brötchenhälfte dick mit Schokocreme. Lina gießt sich Orangensaft in ein Glas und nippt daran. Dann greift sie nach einem Brötchen. Sie bestreicht ihre Hälften mit Butter und belegt diese danach mit Käse. Neben ihrem Teller steht eine Schüssel mit selbstangemachtem Obstsalat. Ihre Wangen leuchten und sie zwinkert mir zu. Sie lächelt mich an, ich erwidere es.

Die Sonne scheint durch das Küchenfenster. Unsere Wunden fangen langsam an zu heilen. Lina wird in ein paar Wochen das Geschlecht des Babys erfahren. Aber, so meinte sie gestern, das spielt keine Rolle für sie. Hauptsache, das Kleine ist gesund.

»Und, hast du heute schon in die Zeitung geschaut?«, frage ich meine Schwester.

Lina schaut mich leicht amüsant an.

»Seit wann interessiert es dich, was in der Zeitung steht?«, fragt sie zurück.

Wir sind beide nicht die großen Zeitungsleser. Die Neuigkeiten, die wichtig für uns sind, Klatsch und Tratsch über Promis werden uns zeitnah auf unserem Handy angezeigt.

»Ich habe die Zeitung von deiner Nachbarin von der Fußmatte geholt. Du gießt doch die Blumen für sie, da sie im Urlaub ist. Oldschool fand ich es einfach mal witzig, wieder in solch einer zu blättern. Und nach Ewigkeiten mal wieder mein Horoskop zu lesen«, sage ich.

Lina schmunzelt und schmatzt, da sie sich gerade einen Löffel mit Banane und Apfelstücken in den Mund geschoben hat. Sie kaut, schluckt und fragt dann belustigt: »Und was sagt dein Horoskop, Schwesterherz?«

»Warte, ich schaue mal«, sage ich und hole die Zeitung, welche ich auf dem Küchentresen abgelegt habe.

Ich trinke etwas Kaffee. Doch kaum sehe ich das Titelblatt wird mir ganz anders.

»Wie, steht das Horoskop neuerdings direkt auf der ersten Seite?«, fragt Lina ironisch.

Ich schüttle den Kopf, starre auf das Foto auf der Titelseite. Langsam gehe ich zu meinem Stuhl zurück und lasse mich darauf sinken. Lina merkt, das etwas nicht stimmt. Sie hört auf zu essen, legt die Gabel ab. Ich spüre ihren Blick auf mir.

»Lina ... Du wirst es nicht glauben«, sage ich mit zitternder Stimme.

Es ergibt alles einen Sinn.

»Was meinst du Lina? Jetzt lies schon vor, was da steht. Ich verstehe nur Bahnhof«, sagt meine Schwester.

Ungeduld und eine Spur Angst schwingt in ihrer Stimme mit.

Ich überfliege den ersten Absatz des Artikels, dann seufze ich tief auf.

Soll ich ihn ihr vorlesen?

Ich schlucke.

»Der Artikel ... Er handelt von Tim.«

Ich merke, wie Lina die Luft anhält und instinktiv eine Hand schützend auf ihren Bauch legt.

»Er hat doch nicht überlebt, oder?«, fragt Lina.

Tränen schimmern in ihren Augen und ihr Kinn fängt an zu zittern.

»Nein, nein. Keine Angst. Das ist es nicht.«

Ich lese den nächsten Absatz. Ich halte mir eine Hand vor den Mund, die Wörter verschwimmen vor meinen Augen.

»Anna, lies den Artikel vor! Ich will wissen, was sie über ihn schreiben.«

Ich schüttle den Kopf. Ich kann nicht.

Lina steht so ruckartig auf, dass der Stuhl hinter ihr polternd auf den Boden fällt.

»Wenn du es mir nicht vorlesen willst, dann lese ich es halt selbst!«, sagt sie auf einmal energisch.

Sie schnappt mir die Zeitung aus der Hand.

»Nicht .... Lina«, versuche ich, etwas zu erwidern. Lasse dann aber meine Hände sinken.

Meine Zwillingsschwester steht neben mir. Die Zeitung raschelt zwischen ihren Fingern. Ich sehe, wie ihr Gesicht immer blasser wird. Sie geht zum Küchentresen und lässt sich langsam daran zu Boden gleiten. Dann liest sie.

Das Fenster ist einen Spalt offen. Es vergehen ein paar Minuten und Geräusche von draußen dringen an mein Ohr. Die Vögel zwitschern. Ein paar Kinder rennen laut schreiend unten am Haus vorbei. Ein Autofahrer hupt und ruft einem anderen etwas zu. Mir scheint es, als würde für uns hier drinnen die Welt still stehen, während sie draußen weiter läuft wie bisher.

Lina wischt sich aufkommende Tränen fort. Dann lacht sie verächtlich auf.

Ich runzle die Stirn. Jetzt verstehe ich gar nichts mehr. Meine Zwillingsschwester beginnt mir den Artikel vorzulesen:

»Skandal um Anwaltsfamilie. Der berühmteste Anwalt der Stadt muss sich vor Gericht verantworten. Nachdem sein Sohn Tim Möller seine Freundin und deren Schwester entführt hatte, kam ein Geheimnis ans Licht: Der dreiundzwanzigjährige Tim ist ein Serienmörder. Schon Jahre zuvor brachte er zwei seiner Freundinnen um. Er hat die jungen Frauen, nachdem sie ihn verlassen wollten, kaltblütig umgebracht.

Bei der Befragung des Vaters kam heraus, dass dieser davon wusste und ihm half, die Morde zu vertuschen. Eine Leiche wurde im See, ein Stück hinter dem Stadtwald, nahe der Jagdhütte des Vaters im Wasser versenkt. Wohin Vater und Sohn die andere Leiche hingebracht haben, ist bisher unklar. Die Polizei hält sich zu den kompletten Ermittlungen bedeckt.

Die Verhandlung wird zeitnah stattfinden. Dem Vater droht eine jahrelange Haftstrafe. Tom Möller ist inzwischen verstorben. Die Familie der Leiche, der gefundenen Frau, bittet darum, dass ihr Name anonym bleibt. Es wird morgen ein Trauergottesdienst im engsten Familienreis stattfinden.«

ENDE

Autorenbeschreibung

Jillian Black ist das offene Pseudonym von Julia Bolender.

Julia Bolender wurde 1983 in Mainz geboren. Derzeit lebt sie in Witten.

Hauptberuflich arbeitet sie als Erzieherin in einer Kita und lässt ihre Erfahrungen in Kinderbücher und Lieder einfließen.

Seit 2018 veröffentlicht die Autorin über Amazon und Books on Demand.

Als Jillian Black schreibt die Autorin Kurzgeschichten und Thriller.

Bisher von ihr erschienen sind als E-Books, Printausgaben und Hörbücher:

»Verloren-Zwischen Leben und Tod«

»Mutterschmerzen-Geschichten über starke Frauen«

»Du wirst es bereuen!«